মন সমাধির তীরে

এক দম্পতির গল্প

BY

ঋষভ ব্যানার্জী

ISBN 978-93-5438-600-8
© ঋষভ ব্যানার্জী 2020
Published in India 2020 by Pencil

A brand of

One Point Six Technologies Pvt. Ltd.
123, Building J2, Shram Seva Premises,
Wadala Truck Terminal, Wadala (E)
Mumbai 400037, Maharashtra, INDIA
E connect@thepencilapp.com
W www.thepencilapp.com

DISCLAIMER: This is a work of fiction. Names, characters, places, events and incidents are the products of the author's imagination. The opinions expressed in this book do not seek to reflect the views of the Publisher.

Author biography

জন্ম ২০০৪ সালে,বাঁকুড়া জেলার গোপালনগর গ্রামে।পিতা-সাধন কুমার ব্যানার্জী,মাতা-জয়শ্রী দেবী।বাবার কাছে গল্প শুনে প্রথম লেখার ইচ্ছা জাগে।রহস্য,প্রেম হলো লেখার প্রিয় বিষয়।বর্তমানে জয়গড়িয়া উচ্চ বিদ্যালয়ের দশম শ্রেণীর ছাত্র।লেখালেখি বাদেও ফুটবল প্রিয় এছাড়াও ফটো এডিটিং করতে ভালো লাগে।

এটাই আমার প্রথম প্রকাশিত বই।প্রতিলিপি ও ওয়াটপ্যাড এর নিয়মিত লেখক।

Contents

মন সমাধির তীরে

আজ রাজের বিয়ে।রাজ এর পুরো নাম হলো -- রাজ বাসু।
পেশায় সাংবাদিক,দেখতে শুনতে বেশ ভালো।
রাজ এক প্রকার বিয়ে বিরোধী ছেলে,ওর মতে বিয়ে করে লাভ
কিছু নেই, শুধুই মাথা ব্যথা আর সব কিছু তেই লাগাম। যদিও
রাজ খুব। ডিসিপ্লিনে চলে,এবং নেশা জীবনে কোনো দিন
করেনি।

সন্ধ্যে সাত টাই বিয়ে করতে বেরিয়ে গেলো বরযাত্রী।
রাজ এখনও তার হবু স্ত্রী এর নাম ই জানে না,আর জানার ইচ্ছেও
নেই। ও এই বিয়ের প্রতি একেবারেই উদাসীন। দুদিন কোনো
কথাই বলে নি রাজ তার বউএর সাথে। যাই হোক গল্পে ফিরে
আসি।

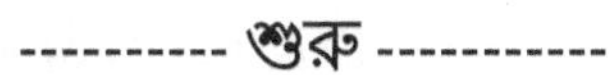 ---------- শুরু ----------

"রাজ এই রাজ, এই সদ্য তোর বিয়ে হয়েছে তুই বাইরে কি
করছিস?" সুলেখা দেবী রাজকে বেশ রেগেই বললেন।
"ঠিক ই তো সারাদিন শুধু কাজ আর কাজ " বিশ্বনাথ বাবু
বললেন।

"যাচ্ছি বাবা যাচ্ছি " রাজ বেশ জোরে বললো।
রাজ আস্তে করে দরজাটা খুলে ভিতরে ঢুকলো।
ঢুকে দেখে তার স্ত্রী এখনও জেগে আছে।
বিছানায় বসে বই পড়ছে।
বেশ ইতস্তত হয়ে পায়চারি করে,সোফায় বসলো।
রাজের মনের মধ্যে বেশ অদ্ভুত এক অনুভূতির ঝড় বয়ে
চলেছে,জীবনের সমস্ত ভালোবাসা জমিয়ে রেখে ছিল মা বাবার
জন্য,এখন থেকে আরেকটা ভাগিদার বেড়ে গেলো যতই বিয়ে
করার ইচ্ছা না থাকুক যেহেতু বিয়ে করেছে তাই তাকে তো কষ্টে
রাখলে চলবে না।
"এই যে শুনছেন"? রাজ বেশ অস্বস্তি নিয়ে বললো।
"হুম্ বলুন না শুনছি " নেহা বেশ নর্মাল ভাবেই বললো।
রাজ আমতা আমতা করে বলল -
"আপনার নাম টা কি জানতে পারি?"
নেহা বই পড়তে পড়তে একবার মুখ তুলে তাকালো,রাজকে
এমন ভাবে দেখতে লাগলো যেন রাজ কোনো ভিনগ্রহের প্রাণী।
"না। আসলে জানা হোয়ে উঠে নি।" রাজ নেহার চাউনি দেখে
নিজের পক্ষে যুক্তি দিয়ে বললো।
"আমার নাম নেহা।" নেহা বেশ চাপ দিয়ে কথাটা বললো।
"ওহ্!আচ্ছা।" রাজ মাথাটা উপর নিচ দুলিয়ে বললো।
"বসি?" রাজ বিছানায় এগিয়ে এলো।
"হুম্ অবশ্যই।" নেহা একপলক দেখে বললো।
রাজ নেহা দুজনেই কিছুক্ষন চুপ চাপ , হঠাৎ রাজ ই বলে উঠলো
"চলুন শুয়ে পড়ি।"
নেহা বেশ অবাক হয়ে গেছে , "এ‌বাবা কিছু করুক না করুক
দুটো গল্পও তো করতে পারতো,তা না ওনার ঘুম পেয়েছে, যত

আদিখ্যেতা " নেহা বেশ মুখ বাঁকিয়ে মনে মনে ভাবল।
রাজ নেহার দিকে তাকিয়ে ছিল ,ওর মুখ ভেঙ্গানো দেখে মাথাটা নামিয়ে নিলো।
নেহা বুঝলো এ ছেলের দ্বারা কিছু হবে না ,যা করতে হবে নিজেকেই করতে হবে।
" যা হবে পরে হবে,আজ শুয়েই পড়া যাক" এই ভেবে নেহা শুয়ে পড়লো।
"এবার শুয়ে পড়ুন নাকি বসে বসে রাত কাটাবেন?"
নেহা হাই তুলতে তুলতে বললো।

"আ- আ -আচ্ছা, চেষ্টা করবো" রাজ বেশ আমতা আমতা করে বললো।
নেহা চোখ টা গোল গোল ঘুরিয়ে বলে উঠলো "ঘুমাতেও কি চেষ্টা লাগে নাকি?"

রাজ একবার দেখে খানিক ভেবে,এগিয়ে গেলো
বুকে ভিতর থেকে আস্তে দুম দুম আওয়াজ আসছে, শেষমেশ রাজ যুদ্ধ জয় করে বিছানায় গা তা এলিয়ে দিলো, প্রতিদিন একা শোয়া অভ্যাস তাই আজ প্রচন্ড অস্বস্তি মনে হলো রাজের। রাজ শুয়ে শুয়ে ভাবতে লাগলো।
 নেহা ইতিমধ্যেই ঘুমিয়ে গিয়েছে, ঘুমের ঘোরে নিজের পা টা রাজের গায়ে তুলে দিলো,

সঙ্গে সঙ্গে রাজ অনুভব করলো ওর শিরদাঁড়া হয়ে কোনো ঠান্ডা বস্তু নেমে গেল,এটা এমন একটা অনুভূতি যার কোনো প্রকাশ্য ভাষা নেই ,তবে রাজ হলফ করে বলতে পারে, এটা ওর কাছে প্রচন্ড অস্বস্তির, এর ঠিক ব্যাখ্যা ওর কাছে নেই।

পরের দিন সকালে:-----
রাজ এর মনে হলো ও নরম কিছু একটা ধরে শুয়ে আছে!
আর মুখে খুব সুড়সুড়ি লাগছে, অতি বিরক্তির সাথে ও মুখটা
তুলে চোখ খুলে দেখে নেহার চুল গুলো রাজের সারা মুখে, বুকে
ছড়িয়ে আছে। এক চরম ভালোলাগা মনের মধ্যে তৈরি হয়।
নেহা কে খুব মায়াবী দেখতে লাগছিল।
রাজ আস্তে করে উঠে পড়ল।

নেহা চোখ মেলে তাকায়, সামনে একটা অবয়ব চোখে পড়ে।
আস্তে আস্তে বুঝতে পারে এটা রাজ আর ওর দিকে বেশ মগ্ন
হয়ে তাকিয়ে আছে।
ভ্রূ কুঁচকে রাজের দিকে তাকায় নেহা।
রাজ এতক্ষন একরকম ঘোরে ছিল,নেহার চাহনি ওর ঘোর
কাটিয়ে দিলো।রাজ পরিস্থিতি সামলানোর জন্য বললো

"উঠে পড়েছ?"
"হুম্ " নেহা আড়মোড়া ভাঙতে ভাঙতে সুর দিয়ে বললো।
"আমি স্নান করতে যাচ্ছি তুমি আমার পরে যেও ঠিকাছে।" কিছু
একটা বলার দরকার ছিল তাই কিছু না পেয়ে রাজ এটাই বলে
ফেললো।
"হুম্ " নেহা উঠে বসে আস্তে করে বললো।

এই বলে রাজ দৌড়ে বাথরুমে ঢুকে পড়লো।
"যা শালা ধরা খেয়ে গিয়ে ছিলাম মাইরি!!" রাজ আঁতকে উঠে
বললো "উফ্! বাবা খুব ভাগ্যে বেঁচে গেছি,নইলে ধরা খেতাম
সিওর।"

এদিকে রাজ যে কোনো কিছু না নিয়েই বাথরুমে ঢুকে পড়েছে এটা ভেবে নেহা হেঁসে উঠলো।

রাজ বাথরুমে ঢুকে এদিক ওদিক তাকাতেই মনে পড়লো যে ও জামা প্যান্ট আনতে ভুলে গেছে।
ভয়ে ও শেষ " ইসসস! নেহা নিশ্চয় এবারে দুস্টুমি করবে, করুক এবার আমিও করবো" রাজ একটা শয়তানি হাঁসি দিয়ে বললো।

"নেহা ও নেহা " রাজ চেঁচিয়ে ডাকলো।
"কি হলো এত চেঁচাচ্ছেন কোনো?" নেহা রুম ঠেকে বলল, শুনে মনে হবে যেন ও কিছুই জানে না।
"আমার ড্রেস টা দাও তো আনতে ভুলে গেছি।" রাজ আস্তে আস্তে বললো।

"আপনি ড্রেস নিতে ভুলে গেছেন?" নেহা হেঁসে কুটিকুটি।
"হুম্ তাই তো বলছি ড্রেস টা দাও, এটাকে টেলিকাস্ট করার কি আছে, চুপচাপ দাও না" রাজ রেগে গেল নেহার হাঁসির জন্য।
নেহার মনে একটা দুস্টু বুদ্ধি খেলে গেল " আমাকে বোকা, দাড়াও বাঁছা দেখাচ্ছি মজা"

"না দেবনা" নেহা আবার হাসতে লাগলো।
"নেহা মজা করোনা প্লিজ!" রাজ অসহায় সুরে বলে উঠলো।
"আমি দেবনা বলেছি দেবো না" নেহা বাথরুমের দরজার কাছে গিয়ে বলল।
"আচ্ছা এই ব্যাপার" রাজ একটা বেঁকা হাঁসি দিয়ে মনে মনে বললো।

এই বলে রাজ নেহা কে বাথ রুম এ ঢুকিয়ে নিল।
নেহার তো চোখ ছানাবড়া! ওর গায়ে কিছু নেই শর্টস ছাড়া,
রাজের উন্মুক্ত বুক নেহার শিরদাঁড়ায় এক ঠান্ডা স্রোত বইয়ে
দিলো।

"একি! মা গো!" নেহা দাঁত মুখ খিঁচিয়ে দাঁড়িয়ে ছটফট করছে।
"এত ভয় পাওয়ার কিছু নেই, আমার জামাটা প্যান্ট টা দাও,
তবেই যেতে পারবে" রাজ বেঁকে দাঁড়ালো।

"হুম্ দিচ্ছি প্লিজ ছাড়ুন আমায় " নেহা রাজকে ছাড়াতে ছাড়াতে
বললো।
"ওকে! যাও " এবারে রাজ হেঁসে উঠলো।

এই বলে রাজ নেহাকে ছেড়ে দিল।
নেহা বাইরে এসে হাফ ছেড়ে বাঁচলো, আর রাজকে না ঘটিয়ে
রাজের জামা প্যান্ট টা ধরিয়ে নিচের দিকে দে দৌড়।

"মা" নেহা সুলেখা দেবী কে বলল।
"হুম্।"
"কি করছো ?"নেহা নরমালি জিজ্ঞেস করলো।
"এই তো রান্না করছি" সুলেখা দেবী বললেন।
"আচ্ছা মা উনি কি কি খেতে পছন্দ করেন" নেহা কিছু না
ভেবেই বলে ফেললো।
"বাহ্!আজ থেকেই সব জেনে নিবি?" সুলেখা দেবী হেঁসে নেহার

দিকে ঘাড় ঘুরিয়ে বললেন।
"না মানে ওই আর কি।"
" থাক থাক আর বলতে হবে না যা, পরে শিখে নিবি"

নেহা উপরে উঠে এলো।
এসে দেখলো রাজ একটা টাওয়েল পরে আয়নায় চুল সেট
করছে। জিম করা বডি টা,সিক্স অ্যাব আর মাসুল গুলো দেখে যে
কেউ প্রেমে পড়বে।
নেহা সাথেও তার বিপরীত। হলো না।
নেহা ও বেশ বড়সর ক্রাশ খেলো রাজের উপর।

রাজ নেহা কে খেয়াল করেছে অনেক্ষন কিন্তু কিছু বলে নি।
হঠাৎ নেহা বুঝতে পেরে, ব্লাশ কোনো লাগলো।
এবং বুঝতে পারলো রাজ ওকে লক্ষ্য করেছে,
"সরি,সরি" নেহা তাড়াহুড়োয় রুম থেকে বেরিয়ে গেল।
 কিছু একটা মনে পড়তেই, নেহা উপরে উঠে এলো,এবং
আসতেই রাজ ওকে ধরে বলল "তখন পালালে কেন?"
"কি কখন পালালাম?" নেহা নিজেকে প্রিটেন্ড করার চেষ্টায়
বললো।
রাজের গরম নিশ্বাস নেহার ঘাড়ে পড়তে লাগলো এবং নেহার
পিঠ দিয়ে শীতল স্রোত বোয়ে গেলো।
মনে। হচ্ছে যে কেউ বুকের ভিতর হাতুড়ি পিটছে।
"আচ্ছা ঠিক আছে তাহলে যাও" এই বলে রাজ যেই নেহাকে
ছাড়তে যাবে তখনই সুলেখা দেবী দরজায় দাঁড়িয়ে গলা খাখারি
দেন।
"উহুহঃ!সকাল থেকে কি হচ্ছে এগুলো?" সুলেখা দেবী মজার
ছলে বলে উঠলেন।

"তারাতারি নিচে আই ব্রেকফাস্ট টা করে নিবি।"
এই বলে তিনি তারাতারি নিচে নামতে থাকেন আর ভাবেন "যাক বাবা ছেলে তাহলে সুখেই আছে,বিয়ে টা দিয়ে ভুল করিনি"এক প্রশান্তির প্রশ্বাস নেন তিনি।

"ধুর!সকাল সকাল মা কি ভাবলো বলতো?" নেহা রেগে রাজ কে ধাক্কা দিয়ে সরিয়ে দিয়ে বললো।
"কি আর ভাববে, ভাববে " রাজ ঠোঁট টিপে হেঁসে বললো।
নেহা একবার চোখ গরম করে তাকিয়ে চলে গেল।

"ইস্!বউটার রাগ হয়ে গেলো রে।" রাজ নিজের মনে বলে উঠলো।
"যায় রাগ টা ভাঙ্গায়"

রাজ নিচে এসে দেখলো নেহা তার জন্য প্লেট সাজাচ্ছে । আর আঁচল টা কোমরে গোঁজা আছে,ফর্সা পাতলা কোমরটা দেখতে পাওয়া যাচ্ছে।
রাজের এটা দেখে আর নিজেকে কন্ট্রোল করে রাখতে খুব কষ্ট হচ্ছিল।

"উফ্! কি করছো গো।" রাজ মিনমিন স্বরে বলে উঠলো।
"কি আবার করলাম " নেহা চোখ গোল গোল করে রাজের দিকে তাকালো।
রাজ ইশারায় নেহা কে ওর কোমরটা দেখাল।
নেহার চোখ পড়তেই নেহা বুঝতে পারলো যে রাজ কি বলতে চাইছে।

সঙ্গে সঙ্গে আঁচল টা কোমর থেকে বের করে এমন ভাবে পিঠ
পর্যন্ত প্যাঁচাল যে পিঠ সহ পুরোটাই ঢাকা পরে গেলো।

রাজ খেয়ে উঠে হাত ধুয়ে উপরে গিয়ে অফিস যাওয়ার জন্য
তৈরি হলেই রাজের মা সুলেখা দেবী বললেন।

"আজ অফিস জাস না।"
"কিন্তু মা আজ রিপোর্টিং আছে আমার "
"যা হোক কিছু বলে, তুই ম্যানেজ কর "
"ওকে,দেখছি দাড়াও "

এই বলে রাজ অফিস এ ফোন করে বললো যে ও আজ রিপোর্টিং
করতে পারবে না।রাজের একটা ফ্রেন্ড আকাশ বললো -

"ওকে,ভাই আমি সামলিয়ে নেবো " রাজকে আশ্বাস দিয়ে।
"থ্যাংক ইউ ভাই" রাজ উচ্ছসিত স্বরে বলে উঠলো।
"বাই এখন রাখছি পরে কথা হবে" আকাশ বলে উঠলো।
"বাই " রাজ এটা বলে ফোনে টা রেখে দিল।

এই সময় নেহা এসে ঢুকলো রুমে,কারোর আসার আওয়াজ
পেয়ে রাজ ঘুরে তাকালো আর নেহা কে দেখলো আর ওর দিকে
তাকিয়ে রয়ে গেলো।
এটা দেখে নেহার গাল গুলো আপেল এর মত লাল হয়ে গেলো।
অজান্তেই এক রাশ ভালোলাগা আর লজ্জা মাখা অনুভূতি মনে
এসে ভিড় করলো।
রাজের নজর পড়তেই রাজ উঠে গিয়ে নেহার কানের লতিতে
চুমু খেয়ে ঠোঁট ছুয়ে বলল -

"আমি কিন্তু আপেল গুলো খেয়ে ফেলবো।"
নেহা ওর দিকে জিজ্ঞাসু দৃষ্টিতে তাকালো।
আর ভাবলো "কোথায় আপেল?"
"কোথায় আপেল ?"

রাজ আস্তে করে নেহার গাল টা দেখিয়ে বললো বললো "এই তো আপেল।"
নেহা আবারও ব্লাশ করতে লাগলো। ওকে এভাবে কেউ বলেনি, বলেনি বললে ভুল হবে ও বলতে দেয়নি।
রাজ বুঝলো নেহার লজ্জা কাটাতে হবে তাই রাজ,নেহাকে কোলে করে বিছানায় বসিয়ে নিজের কোলে বসিয়ে নেহার ঘাড়ে মুখ গুঁজে বসে রইলো।

নেহার অবস্থাতো বেহাল,খুব যে খারাপ লাগছে তা না,একটা স্বর্গীয় অনুভুতি। যা মুখে বলে বলে বোঝানো যাবে না এটা শুধুই অনুভব করার।
রাজ নেহার ঘাড়ে মুখ ঘষতে লাগলো।
হঠাৎ ই নেহা ঘুরে রাজের ঠোঁট এ চুমু খেয়ে দৌড়ে পালিয়ে গেলো। রাজ খানিকক্ষণ স্তব্ধ হয়ে রইল , কি হইছে বুঝতে রাজের পুরো ৫ মিনিট লেগে গেলো। রাজ মনে মনে বললো "আজ রাতে দেখতে পাবে মজা"
রাজ যে কতটা পাল্টে গেছে সেটা ভেবে রাজ নিজেই অবাক হয়ে গেল , আর নিজের মনেই হেঁসে উঠলো।
কয়েক মাস পরে রাজ এখন একদম পাল্টে গেছে,নেহাকে প্রচন্ড ভালোবাসে
যথারীতি রাজ মা কে বলে বেরিয়ে পড়ল বাইরে।হঠাৎ কি মনে করে আবার পিছিয়ে এলো রাজ।

নেহা একবার উকি মেরে দেখতে গেলো,রাজ সেই সময় পেছন ফিরে চোখ মেরে দিল।

রাজ এক দৃষ্টে নেহার দিকে তাকিয়ে একটা দুস্টু হাঁসি দিয়ে বাইরে বেরিয়ে গেল,নেহা খানিকক্ষণ স্তব্ধ হয়ে রইল , এবং বেশ অস্বস্তি বোধ করতে লাগলো।
বাকি সব চিনতা ঝেড়ে ফেলে,নেহা মনের অজান্তেই হালকা হেসে উঠলো, তারপর পিছন ফিরে একটা লম্বা স্বাস নিয়ে, সুলেখা দেবীর কাছে যাওয়ার জন্য পা বাড়ালো।

"মা, আসবো?"
" আরে এটা আবার বলার কি আছে?আই না, তোর ইতো বাড়ি।"

"মা উনি কোথায় গেলেন? না মানে এমনি বলছি আরকি" নেহা বেশ ইতস্তত হয়ে বলল।
" তা তো বলতে পারবো না রে , তবে মনে হয় বন্ধুদের সাথে কোনো কাজে বেরিয়েছে, এমনি ওর প্রচুর চাপ।" সুলেখা দেবী অন্যমনস্ক হয়ে বললেন।
সেই সময় সুলেখা দেবীর ফোন এ একটা ফোন এলো

"হুম্! হাঁ হাঁ সমহাল লেঙ্গে হাম।" সুলেখা দেবী বেশ হেঁসেই বললেন।

"জ্বি জ্বি হ্যাঁ ভেজ দিজিয়ে না আপ " সুলেখা দেবী ঘর দুলিয়ে বললেন।

"ঠিক হে,ওকে " ওপার থেকে মৃদু কণ্ঠ শুনতে পেল নেহা। কৌতূহল সামলাতে না পেরে নেহা বলেই ফেললো-

"কে ফোন করে ছিল মা?"

"রাজের এক বান্ধবী বাইরে থাকে, যখন রাজ কলেজ এ পড়তো তখন এসে ছিল।" সুলেখা দেবী আবার নিজের কাজে মন দিয়ে বললেন।

"ওহ্!" নেহা চোখ গুলো গোল গোল ঘুরিয়ে বললো।

রাত্রিবেলা -----------
রাজ বেশ হতদন্ত হয়ে ভেতরে ঢুকলো
তা দেখে সুলেখা দেবী বললেন " কি রে এমন তাড়াহুড়ো কেন?কোনো সমস্যা নাকি?"
" আরে না না আমার খুব খিদে পেয়েছে, খেতে দাও"
রাজ হেঁসে বললো।

আস্তে আস্তে খাওয়া দাওয়া পর্ব মিটলো।

রাজ রুম এ এসে বসে আছে, এমন সময় নেহা এলো

"তুমি কোথায় ছিলে সারাদিন?" নেহা কোমরে হাত দিয়ে বেশ পাকা গৃহিণীর মতো বললো।

"এই বন্ধুদের সঙ্গে ঘুরতে গিয়ে ছিলাম" রাজ নেহার কোমরের দিকে তাকিয়ে বলল।

"ও" নেহা মুখটা হা করে বললো।

রাজ ল্যাপটপ নিয়ে বসে ছিল, এবার ল্যাপটপ টা বন্ধ করে রেখে বললো

"নেহা, শুনো" বেশ শান্ত অথচ দৃঢ় কণ্ঠে।

"হুম্ বলো" নেহা কাপড় গুছাতে গুছাতে বললো।

"তুমি কি এখনই বাচ্চা নিতে চাও, মনে ফ্যামিলি প্লানিং কি ? না মানে করতে তো হবে" রাজ বেশ অস্বস্তির সঙ্গে বললো।

এই প্রকার কথা শুনে নেহার চোখ তো ছানা বড়া,ওতো ভাবতেই পারে নি রাজ এতটা খোলামেলা
তোবে নেহার বেশ ভালো লাগলো এটা দেখে যে রাজ স্পষ্টবাদী।

নেহা এত অস্বস্তি বোধ করলো যে মুখ দিয়ে কোনো কথাই বেরোচ্ছিল না।

"তুমি শুধু মাথা টা নাড়িয়ে উত্তর দাও -"
রাজ নেহার অস্বস্তি বুঝতে পেরে আস্তে করে বললো।

নেহা একটু ভেবে দেখলো এবং আস্তে আস্তে হ্যাঁসূচক মাথা নাড়লো।

"ওকে" রাজ যেন স্বস্তি পেলো, ওর বুকের বোরো পাথর টা নেমে গেল ,এবং রাজ ভেবেছিল যে নেহা হয়তো প্রচন্ড অস্বস্তি বোধ করবে বা কথাটা খারাপ ভাবে নেবে কিন্তু নেহার এই সাবলীল ব্যবহারে রাজ অবাক কিন্তু খুশি। মনে মনে নেহার প্রশংসা না করে পারলো না।

এই বলে রাজ নেহা কে টেনে নিজের কোলে বসিয়ে নিল। আর ঘাড় থেকে চুল গুলো সরিয়ে চুমু খেতে থাকলো , আস্তে আস্তে রাজের ঠোঁট গুলো নেহার মুখমণ্ডলে ঘুরতে লাগলো,কানের লতি,চোখের পাতা,এবং নাকে ঘুরে বেড়াতে লাগলো।

আস্তে আস্তে কপালে চোখে মুখে ঠোটে বুকে চুমু খেতে শুরু করলো। এবং নেহার জড়তা কাটতে শুরু করলো,রাজ নেহার বাহুতে, হাতেই তালুই এবং পায়ের চেটোতে ঠোঁট ছুঁয়াতে লাগলো, রাজ নেহাকে উপুড় করে নেহা সারা পিঠে চুমু খেতে লাগলো
এবং হালকা হালকা কামড় দিতে লাগলো, নেহার সাদা পিঠে আর ঘাড়ে,গলায় রাজের লাভ বাইটের দাগ স্পষ্ট ফুটে উঠতে শুরু করলো।

রাজ নেহার শ্রী ফলের উপর থাকা ছোট্ট তিল টা দেখে ক্রাশ খেয়ে গেলো।
আস্তে আস্তে দুটো শরীর নগ্ন হতে থাকলো সরে যেতে থাকলো সমস্ত বাধা বিপত্তির জাল।একটা সুতোও পরে থাকলো না ওদের শরীরে,মিলে মিশে এক হয়ে যেতে লাগলো দুটো শরীর দুটো মন।

প্রকৃতির রতিক্রিয়া সম্পন্ন হলে,ওরা দুজনে দুজনকে জড়িয়ে ধরে ঘুমিয়ে পড়লো,রাজ নিজের সমস্ত ভাষা,ভালোবাসা উজাড় করে দেয়, নেহার কাছে আর নেহা নিজের শরীর,মন দুটোই সোপে দেয় রাজের কাছে।
আস্তে আস্তে বাইরে হালকা আলোর ছিটে দেখতে পাওয়া যায়।পাখিদের কিচির মিছির শুরু হয়। এক সুন্দর সকালের প্রারম্ভ হয়।

থায় গ্লাস ভেদ করে সূর্যের আলো ভেতরে এসে পড়ে।সমস্ত অন্ধকারকে দূরে ঠেলে দিয়ে,চারিদিকে রং ছড়িয়ে দিতে থাকে।

রাজ আস্তে করে চোখ খোলে, খানিক্ষণ চুপ চাপ শুয়ে থেকে ভাবতে থাকে বিয়ের আগে থেকে কল রাজ পর্যন্ত যা ঘটলো সেগুলো।

"বিয়ে যে করবো তা কোনোদিন ভাবিইনি,আবার বিয়ে করে যে তোমাকে এতটা ভালোবেসে ফেলবো তাও ভাবিনি।" রাজ অজান্তেই হেসে ফলল।

রাজ আস্তে করে নেহার দিকে ঘুরলো,ওর দিকে তাকিয়ে বলে উঠলো " কখনো কষ্ট পেতে দেবনা তোমায় , কিছু দিতে পারি না পারি আজীবন ভালোবাসাটা পাবে আমার কাছ থেকে"

রাজ আস্তে করে নেহার কপালে কিস করলো। নেহার কপালে কিছু অনুভূত হওয়ার কারণে
নেহা আরো গুটিসুটি মেরে রাজের কোমর জড়িয়ে ঘুমিয়ে

গেলো।

কিছুক্ষন রাজ নেহার দিকে তাকিয়ে নেহার শুভ্র,নিষ্পাপ মুখটা দেখতে থাকলো,একটু পরে রাজ নেহার হাত টা ছাড়িয়ে আস্তে করে উঠে পড়ল।

স্নান করে ফ্রেশ হয়ে এসে দেখলো নেহা এখনও ঘুমাচ্ছে। এবার নেহাকে তুলতে হবে ভেবে রাজ আস্তে করে নেহার পাশে বসে ডাকলো নেহাকে --

" নেহা এই নেহা আরে ওঠো" রাজ মৃদু স্বরে ডাকলো।
"উম!" নেহা চোখ পিটপিটিয়ে, আড়মোড়া ভেঙে বললো।
"উঠবেনা? ৭ টা বাজে " রাজ আস্তে করে নেহার কানে ঠোঁট ছুইয়ে বললো।

নেহার কানে ৭ টা কথাটা ঢুকতেই নেহা আঁতকে উঠলো।
"কি?৭টা বাজে আর তুমি আমাকে এখন তুললে?"

"এত দেরিতে তুললে মা কি ভাববে বলো ত?" নেহা ঠোঁট উল্টিয়ে বললো।

"মা কিছুই ভাববে না " রাজ সাধারণ ভাবে বললো।
রাজকে কিছু বলটি না দিয়ে ঝড়ের বেগেউঠে স্নান করে রেডী হয়ে নিচে চলে গেলো।নিচে নেমে রান্না ঘরে গিয়ে দেখল মা রান্না করছে, নেহা কিছু না বলেই মা কে সাহায্য করতে লাগলো।

একটু পরে------

নেহা কিছুক্ষন ধরেই খেয়াল করছে মা মুচকি মুচকি হাসছে।

কিছুক্ষন পরে ------

নেহা আর থাকতে না পেরে ---

"মা তুমি হাসছো কেনো বলো তো " নেহা বেশ উৎসুক ভাবে জিজ্ঞেস করলো।

সুলেখা দেবী ইশারায় নেহার গলায় দেখাল।দিয়ে আবার ঠোঁট টিপে হাসতে লাগলেন।

নেহা রুম এ এসে আয়নায় নিজের গলা টা দেখেই লজ্জাই লাল হয়ে গেছে।

"রাজ, রাজ " নেহা খুব রেগে চেঁচিয়ে বললো।

"হুম্! বলো না" রাজ সাধারণ ভাবে নেহার কাছে এসে বললো।

"এটা কি ?" নেহার প্রচন্ড রেগে নিজের গলার দিকে ইসারা করে দেখাল।

"কি আবার মশাতে কামড়েছে মনে হয়" রাজ হাতে ঘড়ি পড়তে পড়তে বললো।

"মশা না তুমি কামরেছো কাল রাতে " নেহা রেগে লাল হয়ে বলল।

"হুম্ তো কি হয়েছে ?" রাজ নেহার দিকে এক ঝলক তাকিয়ে বলল।

"কি হয়েছে ?" নেহা এবার আর রেগে গেলে।

"হুম্?"

"মা হাসছিল জানো?" নেহা রাজকে জোর দিয়ে কথাটা বললো।

"তো?"

"তো?"
এই বলে নেহা নিজের রাগ সামলাতে না পেরে রাজের বুকে জোরে জোরে কিল ঘুসি মারতে শুরু করলো।

"উফ্ কি করছো টা কি?" রাজ করুন সুরে বললো।

এই বলে রাজ নেহাকে নিজের বুকে জড়িয়ে মাথাই চুমু খেয়ে মাথায় হাত বুলিয়ে দিতে থাকলো।

হঠাৎ এই সময় দরজার বেল বাজলো, সুলেখা দেবী দরজা খুলতে গেলেন।

খুলে দেখলেন যেদরজা খুলে সুলেখা দেবী দেখলেন যে - একটি মেয়ে দাড়িয়ে, কিছুক্ষন তার দিকে তাকিয়ে ,মনে করতে লাগলেন আর মনে পড়তেই তাকে বুকে জড়িয়ে নিলেন।

এদিকে নেহা আর রাজ আওয়াজ পেয়ে নিচে নেমে আসছিল,

এসে রাজ দেখলো ওর মা কাউকে জড়িয়ে ধরে আছেন আর কিছু বলছেন।মনে হচ্ছে ও আসা তে উনি খুব খুশি।

রাজ সামনে এগিয়ে যায়,ভালো করে দেখার চেষ্টা করে আগন্তুক টি কে,প্রথমে চিনতে না পারলেও সেই আগন্তুক টি কে সেটি বুঝতে রাজের বেশিক্ষণ লাগেনি।আর বুঝতে পারার সঙ্গে সঙ্গেই একটু হাসির ঝিলিক দেখা গেল রাজের ঠোঁটে।

তাই এগিয়ে গেলো,এগিয়ে গিয়ে ওর পাশে দাঁড়ালো,দাঁড়িয়ে বললো --

"বাব্বাহ! আমাই ভুলেই গেলেন?" রাজ অভিমানী স্বরে বললো।

কারোর আওয়াজ কানে যেতেই,সেই মেয়েটি সুলেখা দেবী কে ছেড়ে রাজের সামনে যেয়ে বললো -

"তোকে ভুলতে পারি"
"তাই তো দেখছি, ভুলেই গেছিস" রাজ এক ঝলক হেঁসে বললো। তারপর রাজ আর সেই আগন্তুক একে অপরের সঙ্গে গল্প: করতে লাগলো।

এদিকেনেহা দুর থেকে সব দেখছিল,আর খারাপ ও লাগছিল,কারণ রাজ একবার ওকে কিছু বলেনি,ওর পরিচয় ও দেয়নি। আর খারাপ তো লাগবেই ভালোবাসার মানুষ টা যদি অন্য কারোর সাথে কথা বলে তাকে ভুলে গিয়ে । প্রিয় মানুষের অবহেলা কেই বা সহ্য করতে পারে?

নেহা আস্তে আস্তে নিচে নেমে এলো,রাজের পাশে বসলো।

রাজের এতক্ষনে খেয়াল হলো যে নেহা এতক্ষন সিড়ি তেই দাড়িয়ে ছিলো।আর ওর মুখটাও কেমন গোমড়া হয়ে আছে।

তাই রাজ নেহা কে বললো "মিট মিস্ তৃষা দত্ত।"

"আর তৃষা মিট মায় ওয়াইফ নেহা।"

নেহা সৌজন্যের খাতিরে তৃষার সাথে হাত মেলালো। দিয়ে বললো -----

"তোমরা গল্পঃ কর আমি আসছি"

"ওকে" রাজ সাধারণ ভাবেই বললো।

নেহা চলে যেতেই তৃষা বললো -

"তোর বউ তো হেব্বি সুন্দর " তৃষা ভ্রূ নাচিয়ে বললো।

"হুম্!আমার বউয়ের মত সুন্দর কেউ না" রাজ বেশ বুক চেতিয়ে বললো।

"তুই একটু রেস্ট নে,পরে কথা হবে" রাজ সোফা ছেড়ে উঠতে উঠতে বললো।

"ওকে " এই বলে তৃষা উঠে দাঁড়ালো।
রাজ উঠে উপরে এলো।

এসে দেখলো নেহা চুপ চাপ বেলকনিতে দাড়িয়ে আছে। চুল গুলো ঠান্ডা হাওয়াই উড়ছে।

রাজ আস্তে করে গিয়ে নেহা কে পেছন থেকে জড়িয়ে ধরলো আর ঘাড়ে মুখ ঘষতে লাগলো।
রাজের নাকে একটা মিষ্টি ঘ্রাণ এসে লাগলো,এটা কোনো প্রসাধনীর ঘ্রান না এটা শারীরিক ঘ্রান।

নেহা ঘুরে দাড়ালো, আর রাজের চোখে চোখ রাখল দুজনের মধ্যে চোখে চোখে কথা হলো বেশ কিচ্ছুক্ষন,তারপর আস্তে করে নেহা রাজের বুকে মাথা রাখলো।

রাজ ও আস্তে করে নেহার মাথা টা নিজের বুকে চেপে ধরলো ,নেহার মনে এতক্ষনে রাজের আর তৃষার নিয়ে কিছু আজে বাজে চিন্তা আসছিল কিন্তু রাজের বুকে আসতেই সমস্ত চিন্তা ধুয়ে বেরিয়ে গেলো।।আস্তে আস্তে নিজেকে ছাড়িয়ে নিলো নেহা,ওর চোখে রাগ,অভিমানের ঝিলিক স্পষ্ট দৃশ্যমান।

নিজের আবেগ সংযত করে বললো "রেগে ছিলাম একটু আগে।"

রাজ নেহাকে একটু রাগানোর জন্য , ইচ্ছা করে বললো "কেন, রেগে কেন ছিলে?"

নেহা এই প্রশ্নে, মনে মনে জোরে একটা হোঁচট খেলো খেয়ে আবার সামলিয়েও নিলো, তারপর রাজের উদ্দেশ্যে বললো "তুমি জানো না আমি কেন রেগে আছি, তোমার কোনো কারণ ই জানা নেই?"

"আরে বাবা নেই বলেই তো তোমাকে জিজ্ঞেস করছি, নাহলে তো করতাম না" রাজ কাঁধ উঁচিয়ে উত্তর দেয়।

নেহা এবার প্রচন্ড রেগে গেলে ,কিন্তু এবার সেটা দাবিয়ে না রেখে রাগের বহিঃপ্রকাশ ঘটিয়ে ফেললো,
ফলস্বরূপ রাজের বুকে নেমে এলো কিল,ঘুসির ঝড়
কিচ্ছুক্ষন ঝড় টা চলার পরে শুরু হলো, বৃষ্টি মনে কান্না আরকি।

নেহা কাঁদতে কাঁদতে অভিমানী সুরে বলে উঠলো "তুমি জানবে কেন? তুমি যাও ওই শাকচুন্নিটার কাছে"

রাজ নেহার রাগ কমানোর জন্য,নেহাকে হালকা করে জড়িয়ে ধরলো, কিন্তু নেহা রেগে মেগে হাত তা ছড়িয়ে দিয়ে বলে উঠলো "কি হলো যাও ওর কাছে, কেন এসেছ আমার কাছে?কি দরকার?"

রাজ আবার ও কিছু না বলে নেহাকে জোরে জড়িয়ে ধরলো কিন্তু নেহা এবার আর কিছু করলো না চুপ চাপ রাজের বুকে মাথা দিয়ে রইলো।

নেহার রাগী আর বাচ্ছামো করা মুখটা দেখে রাজ হেসে উঠলো। যাকে বলে একদম প্রাণখোলা হাসি।

নেহা রাজের বুকে ছিল কিন্তু হঠাৎ হাঁসির আওয়াজ পেয়ে মুখ তুলে তাকাতেই দেখে রাজ হাঁসছে বলতে গেলে বেশ জোরেই হাঁসছে,

নেহা রাজ কে এই রকম প্রাণখোলা হাসি হাসতে কখনও দেখেনি, এতক্ষন নেহার মন তা খারাপ ছিল কিন্তু রাজ কে হাঁসতে দেখে নেহার মুখেও এক চিলতে হাসি ফুটে উঠলো।

"এভাবে হাঁসছো কেন?" নেহা বাচ্চাদের মতো মুখ করে বললো।

তোমার মুখের হাব ভাব দেখে হাসি পেয়ে যাচ্ছে তো আমি কি করবো।

দেখোএকদম হাসবে না বলে দিলাম।

এই বলে নেহা আবার রাজ কে মারতে গেলে রাজ ওর হাত টা ধরে ঠোঁটে ঠোঁট ডুবিয়ে দেয়।
একটা লম্বা কিস করে তারপর ছাড়ে

এদিকে নেহা আর কিছু বলতে পারে না দৌড়ে নিচে নেমে আসে।
ওর কাছে এত তাই যথেষ্ট বোঝার জন্য যে রাজ ওকে কতটা ভালোবাসে।

রাজ দাড়িয়ে মুচকি মুচকি হাসতে থাকে আর মাথা টা চুলকায়।

আস্তে আস্তে দুপুর গড়িয়ে রাত হয়----------

রাত্রে বেলা নেহা তখনও নিচে আর রাজ বাইরে গেছে।

নেহা কিছু কাজ বাকি ছিল সেগুলো করছিল সেই সময় ডোর

বেল টা বেজে ওঠে , নেহা গিয়ে দরজা টা খোলে দেখে রাজ দাড়িয়ে আছে সঙ্গে তৃষাও আছে ।

এটা দেখে নেহার মাথা টা গরম হয়ে যাই , কিন্তু তখন কিছু বলেনা।

রাজ উপরে উঠে এসে ফ্রেশ হতে চলে যাই।
আর নেহা নিজের কাজ শেষ করে এসে দেখে তৃষা বসে আছে।।

"তুমি এখানে এখন" নেহা তৃষার দিকে তাকিয়ে বলে।
"হুম্ এলাম একটু গল্পঃ করতে"

"ওহ্! আচ্ছা" আচ্ছা করো গল্প।

"তো বলো কি খবর ,এসে থেকে তোমার সাথে তো কথাই হই নি"

"হুম্ তুমিও ব্যাস্ত ছিলে আমিও একটু ব্যাস্ত ছিলাম,তাই কথা হয় নি" নেহা মাথা তা দুলিয়ে বলে।

"হ্যাঁ" তৃষা একটা হাঁসি দিয়ে নেহাকে বলে।

এমন সময় রাজ বেরিয়ে এলো বাথরুম থেকে আর বেরিয়ে এসে দেখলো নেহা আর তৃষা বসে গল্পঃ করছে।

"বাহ্!আমাকে ছড়ায় গল্পঃ করতে বসে গেলে" রাজ একচিলতে হাঁসি দিয়ে বলে।

"না না এই ত এলাম" তৃষা হেঁসে উত্তর দেয়।

"হুম্ এই এসেছে ও" নেহাও ভাবলেশ হীন ভাবে উত্তর দেয়।

এরপর রাজ একটা টি শার্ট আর একটা ট্রাউজার পরে ওদের সাথে গল্পঃ করতে বসে পড়লো।

কিছুখন

"আজ আসি তাহলে" তৃষা রাজের দিকে তাকিয়ে বলে।

"হুম্ গুড নাইট" রাজ তৃষার দিকে একটা হাঁসি দিয়ে বলে।

"গুড নাইট"

এই বলে তৃষা ওখান থেকে চলে এলো।

আর তৃষা বেরিয়ে আসতেইযেখানে প্রতিদিন রাতে নেহা রাজ কে এক চিলতে হাসি উপহার দেয় সেখানে তৃষা যাওয়ার পর রাজকে নেহা কঠিন মনোভাবের সামনা সামনি হতে হয়েছে।।

প্রচন্ড রকম রেগে থাকা নেহা আর নেহার রাগ কিজন্য সেটা ভাবতে থাকা রাজ, দুজনের অবস্থা ঠিক বিপরীত, একজন ভাবছে কি করে অপর জনকে শাস্তি দেওয়া যায় আর অন্য জন ভাবছে কিভাবে অপর জনের রাগ ভাঙ্গানো যায়।

রাজ ভাবছে বেশ গম্ভীর ভাবে, নেহার মনের অতলে উঁকিঝুঁকি মেরে দেখার চেষ্টা করছে, চেষ্টা করছে দেখার যে নেহা কেনো রেগে আছে?

ভারী গম্ভীর প্রশ্নের সম্মুখীন এখন রাজ, ওর মতে ও এমন কিছুই করেনি যাতে করে নেহা রেগে যায়।

সকাল থেকে করা সমস্ত কাজকর্ম গুলোকে মিলিয়ে দেখতে লাগলো যে কি কারণ নেহার রেগে থাকার,

না,এমন কিছুই তো হইনি নেহার রেগে থাকার মতো -(রাজ) (মনে মনে)

উফ্ কি অদ্ভুত জিনিস এই কল্পনা যত ভাবছি তত কল্পনার আরো গভীরে নেমে যাচ্ছি।

না এভাবে হবে না, নেহা কে জিজ্ঞেস করতেই হবে যে কি কারণে ও রেগে আছে -(রাজ) (মনে মনে)

"নেহা এই নেহা " রাজ খুব মিনমিনে স্বরে বলল।

রাজ নিজের পঞ্চেন্দ্রিও কে খাড়া করে রাখলো,
যাতে কোনো হালকা আওয়াজ বা চলন দেখলে ও সাড়া-প্রদান করতে পারে।

হঠাৎ ও বুঝতে পারলো একটা প্রকান্ড কিছু প্রচন্ড জোরে ওর বুকে নেমে এসেছে, পরমুহূর্তেই লক্ষাধিক স্নায়ু ওর কষ্টকে বহন করে মস্তিষ্কে চালনা করলো ফলে রাজের মুখ দিয়ে অস্ফুট

স্বরে "উহ্‌" বেরিয়ে এলো।

আর শুনতে পেলো হেঁচকি আর কান্নার শব্দ, পরক্ষণে বুঝতে পারলো ওই প্রকান্ড জিনিসটা হলো নেহার মাথা আর কান্নার, হেঁচকির শব্দ টাও ওখান দিয়েই আসছে।

রাজ আস্তে করে নেহার মাথায় হাত বুলিয়ে দিতে লাগলো, এতক্ষন নেহার মনে দুঃখ,অভিমান সব কিছু বারুদের স্তূপের মত জমে ছিলো ওতে আগুনের ফুলকি এসে পড়লো আর প্রচন্ড বিস্ফোরণ ঘটালো যার ফল স্বরূপ নেহার কান্নার রেশ বৃদ্ধি পেলো।

মিনিট দশেক পর ----------

অনেক কষ্ট নেহার অভিমান ভাঙিয়ে ওর কান্না কমিয়ে রাজ নেহাকে চুপ করিয়েছিল।।

এখন নেহা রাজের বুকে চেপে শুয়ে আছে, রাজের দম বন্ধ হয়ে আসছে ঠিকই কিন্তু কিছু করার নেই নইলে নেহা আবার ন্যাকা কান্না জুড়ে দেবে।

নেহা আস্তে করে পাশে নেমে শুয়ে পড়লো রাজ কে জড়িয়ে ধরে, হারিয়ে গেলো ঘুমের রাজ্যে।

পরের দিন সকালে ----------

নেহার ঘুম একটু আগেই ভেঙেছে, এখন সে গালে হাত দিয়ে রাজের মুখশ্রীর দিকে তাকিয়ে বসে আছে আর ভাবছে কি

নিষ্পাপ মুখ,সদ্য ফোটা ফুলের মত শুদ্ধ, তাকিয়ে থাকে রাজের বন্ধ চোখের দিকে যে চোখে ও দেখতে পায় নিজের জন্য নির্ভেজাল,বিশুদ্ধ ,অমায়িক ভালোবাসা, হাজারো বার ডুব দিতে মন চায় এই চোখে।

হঠাৎ নেহার মাথায় একটু দুষ্টুমি খেলে যায় ও আস্তে করে নিজের তর্জনী দ্বারা রাজের ছোট ছোট অথচ সুন্দর দারিগুলোতে হালকা স্পর্শে হাত বুলাতে থাকে,ফলে রাজের কাতুকুতু লাগে আর রাজ "উঃ " করে উঠে।

রাজের এই প্রকার বিরক্ত হওয়া দেখে নেহার খুব হাসি পায়।

নেহা হাসতে লাগলো আর বার বার রাজকে বিরক্ত করতে লাগলো। হঠাৎ নেহা যখনই রাজের গালে হাত দিতে গেছে তখনই রাজ নেহার হাত টা খপ করে ধরে ফেলে।

নেহা আকস্মিক আক্রমণে কিছুটা হতভম্ব হয়, পরক্ষনেই নিজেকে সামলিয়ে বলে উঠে - "কি হলো হাত টা ধরলে কেনো? ছাড়ো হাত টা।' "

উঁহু এত সহজে তো ছাড়া যাবে না।তুমি বিরক্ত করে আমার ঘুম ভেঙেছ এবার আমার পালা (একটা শয়তানি হাসি দিয়ে)

এই না নাহ সকাল থেকে তোমার দুষ্টুমি শুরু হয়।
ভালো লাগছে না, ছাড়ো না আমায়।
উঁহু তা তো হবে না আমাকে আমার প্রাপ্য দিতেই হবে।

তোমার প্রাপ্য মনে ? - (নেহা)
"এই যে " রাজ নিজের গালের দিকে ইশারা করলো।

" ঠিক আছে ,ঠিক আছে তবে শুধুই একটা " - (নেহা) বেশ ভাব
দেখিয়ে বললো।
"এবারে ছাড়ো তো " - (নেহা)

"ওকে "
এই বলে রাজ যেই নেহাকে ছেড়েছে, নেহা কিছু না বলেই সিঁড়ি
দিয়ে দে দৌড়।।

"একবার হাতের নাগালে পাই তারপর দেখাচ্ছি " রাজ নিজের
মনে বলে উঠলো।

এদিকে নেহা নিচে এসে আপন মনে হেসে চলেছে,
সুলেখা দেবী এটা লক্ষ্য করলেন এবং নেহা কে জিজ্ঞেস
করলেন "কিরে এত হাসছিস কি ব্যাপার "

"কিছু না মা "
ঠিক আছে - (সুলেখা দেবী)

কিছুক্ষন পর --------

সবাই সকালের নাস্তা করতে এলো রাজের পাশে প্রতিদিন নেহা
বসে, আজ নেহা রান্নাঘরে ছিল তো সবার খাবার নিয়ে যখন
বাইরে টেবিল এ রাখলো তখন ওর চোখে পড়লো যে জায়গাটাই
ও বসে সেখানে তৃষা বসেছে ।

এটা দেখেই নেহার গা জ্বলে উঠলো, "এই মেয়েটাত রাজের সঙ্গে একদম চিটিয়ে যাচ্ছে "

সুলেখা দেবী নেহা কে দেখে নেহার মনের সংকোচ টা কিছুটা আঁচ করতে পারলেন তাই তিনি তৃষা কে নিজের কাছে এসে বসতে বললেন " তৃষা তুই আমার পাশে চলে আয় " " আসলে ওরা একসঙ্গে বসে তো "

তখন ই রাজ বলে উঠলো " থাক না মা ও যখন বসে গেছে তখন আর উঠিয়ে কি লাভ "

"আর নেহা তুমি আজকের দিনটা মায়ের কাছে বসে যাও " রাজ এটা ইচ্ছা করেই বললো নেহাকে রাগানোর জন্য।

সবার নাস্তা হওয়ার পর সবাই যে যার রুম এ গেলো রাজ বেরিয়ে গেলো অফিস এর জন্য।
আর নেহা ভাবতে লাগলো যে তৃষা কে কিভাবে টাইট দেওয়া যায়।

দুপুরের রান্না করার জন্য নেহা কে নিচে নামতে হলো নেমে দেখলো সুলেখা দেবী একাই রান্না করছে।

" যাক তাহলে এখানে অন্তত আসেনি ওই পেত্নী টা "
নেহা মনে মনে বলে উঠলো।

এই ভেবে নেহা রান্নাঘরে ঢুকলো আর নিজ মনে রান্না করতে লাগলো।

অপর দিকে সুলেখা দেবী বুঝতে পারলেন নেহার মনের
অবস্থাটা তাই তিনি বললেন " রাগ করিসনা নেহা,তৃষা
মেয়েটাকে আমারও ঠিক পছন্দ না কিন্তু কি করবো বলতো
অথিতি বলে কথা "
"তুই কিন্তু রাজকে একা ছাড়বিনা কারণ তুই ওর স্ত্রী তোর দায়িত্ব
ওকে সুরক্ষিত রাখা অন্যান্য মেয়েদের থেকে "

নেহা এটা শুনলো এবং মনে মনে ভাবলো ঠিক ই তো
আমি কেনো পিছিয়ে যাবো আমি তো রাজের স্ত্রী।

নেহা সুলেখা দেবী কে জড়িয়ে ধরলো।
আর বললো " মা ইউ আর দি বেস্ট "
সুলেখা দেবী নেহার মাথায় হাত বুলিয়ে দিতে লাগলেন আর মনে
মনে ভাবতে লাগলেন যে
"মেয়েটা আমার বড্ড সরল, একটুতেই অভিমান হয় যায় "
নেহা সুলেখা দেবী কে ছেড়ে হাসি মুখে বললো "এবার রান্নাটা
করে নি "
"হুম্ চল রান্নাটা সেরে ফেলি নইলে তোর বাবা আর রাজকে
খালিপেটে থাকতে হবে "

রাজ অফিসে বসে ভাবছে "নেহা কি এখনও রাগ করে আছে ইস্
অহেতুক ওকে রাগতে গেলাম "

"না যায় হোক বাড়ি ফিরে ওর রাগ টা ভাঙ্গতে হবে "

"স্যার এদিকে আসুন " রাজের এক এমপ্লয়ী ওকে ডাকলো।

"কি ব্যাপার" রাজ বললো।
"স্যার আপনার লাইভ রিপোর্টিং আছে মনে নেই?"একজন এমপ্লয়ী।
"ওকে চলো আমি যাচ্ছি" রাজ নিশ্চিন্ত ভাবে বললো।

কাজ চলে আসায় রাজের ভাবনায় ছেদ পড়ল আর ওকে রিপোর্টিং এ যেতে হলো।

এদিকে বাড়িতে রান্না সেরে শাশুড়ি বৌমা খোশগল্পে মেতেছে। নানারকম কথা উঠে আসছে এরই মাঝে সুলেখা দেবী নেহাকে রাজের ছোটবেলার অ্যালবাম টা আলমারি থেকে নামতে বলেন -

"ওই যে ঐটা,না না ওটা না ওর নিচের টা "
"এটা? "
"হ্যাঁ "

অ্যালবাম এ ছবি দেখতে দেখতে রাজের কিছু ছোট বেলার ছবি বেরিয়ে আসে খালি গায়ে নেংটা অবস্থায়, আসলে রাজের তখন ৮মাস -১ বছর বয়স
এগুলো দেখে নেহার খুব হাসি পায় ।

যাক ওরা শাশুড়ি বৌমা আড্ডা দিক ততক্ষণ আমরা রাজের দিকটা দেখি -----

সন্ধ্যেবেলা রাজ অফিস থেকে বাড়ি ফিরছিল,পথে তৃষার সঙ্গে দেখা হয় ,

"বাড়ি ফিরছিস?" তৃষা রাজকে বললো।
"হুম্ রে" রাজ বললো।

"আমি তাহলে তোর সাথেই চলে যাই চল" তৃষা রাজ কে বলল।
"হ্যাঁ চল" রাজ গাড়ির দরজা খুলতে খুলতে বললো।

রাজের তৃষার সাথে যেতে মোটেও ভালো লাগছে না।
কিন্তু কি করবে মুখের উপর না করতে পারছে না।

বাড়ি পৌঁছে ------

রাজ বাড়ি পৌঁছে যেই তৃষা কে নামতে বললো তখনই তৃষা
বললো " রাজ রাজ আমার চোখে একটা পোকা পরে গেছে "
রাজ তৃষার দিকে ঝুঁকে তৃষার চোখে কি পড়েছে সেটা দেখতে
লাগলো

এদিকে ---
নেহা রাজের গাড়ির আওয়াজ পেয়ে নিচে নামছিল,
নিচে নেমে রাজ আর তৃষা কে দেখে হতভাগ হয় গেলো।
আসলে নেহা যে জায়গায় দাড়িয়ে ছিল সেখান থেকে দেখলে
মনে হচ্ছে রাজ তৃষা কে কিস করছে।

এটা দেখে নেহা আর দাড়াতে পারলো না, দৌড়ে উপরে উঠে
গেলো আর রুম এ ঢুকে অঝোরে কাঁদতে লাগলো।

এদিকে রাজ এর কিছুই টের পাইনি,তাই ও নরমাল ভাবেই
উপরে গেলো।

রুম এ ঢুকতেই বুঝতে পারলো নেহা কাঁদছে
"নেহা এই নেহা কি হয়েচে কাঁদছ কেন বাবু ? "
"মুখটা তোলো! "

রাজ যেই নেহাকে ছুয়েছে নেহা জোরে রাজের হাথ টা ঝেড়ে
ফেলে দিল
"একদম ছুবে না আমায় "
এদিকে রাজ ভাবলো "সকালের ঘটনাটার জন্য নেহা এত রেগে
আছে "
তাই রাজ নেহা কে একটু একা ছাড়তে চাইলো।
"নাহ্ নেহার রাগ টা কমুক ততক্ষণ ওকে একা ছাড়ি।

এদিকে নেহার মনে দ্বিতরফা লড়াই চলছে।
নেহা মনে মনে বললো - "নাহ্ রাজ যদি তৃষার সাথেই খুশি
তাহলে তাই হোক,আমি রাজকে মুক্ত করে দেবো "

একটু দেরি করে রাজ বাড়ি ফিরে এলো ---
উপরে উঠার সময় সুলেখা দেবী বুঝতে পারলেন যে রাজ
কোনো কারণে চিন্তিত আছে তাই তিনি রাজ কে ডাকলেন --

"রাজ " -(সুলেখা দেবী)
"হুম্ বলো "- (রাজ)

তোর কি কোনো প্রব্লেম হোয়েছে?

" না তো মা "
"ঠিক আছে যা "

রাজ যতই বলুক কোনো ব্যাপার নেই,সুলেখা দেবী কিন্তু ঠিক ই
বুঝতে পারলেন যে কোনো কিছু হয়েছে।

রাজ উপরে উঠে এলো

দেখলো নেহা বিছানায় বসে আছে, অন্যমনস্ক হয়ে
রাজ কে দেখে একবার মাথা তুলে তাকালো আবার মাথা নামিয়ে
নিল।
রাজ এই চাহনি তে মারাত্মক কিছুর আভাস পেলো।

"রাজ "
নেহার স্বর খুবই শান্ত আর ক্ষীণ।

এতটুকুই যথেষ্ট ছিল রাজের পূর্বাভাসের জন্য।
কিছু হলেও আন্দাজ করতে পারছিল রাজ যে খুব বড়ো কিছু
হতে চলেছে।
লক্ষাধিক নাড়ী বলেদিচ্ছিল যে কিছু ঘটবে।

"আমি তোমাকে ডিভোর্স দিতে চাই "-(নেহা)

এই মুহূর্তে রাজের কাছে বলার মত কিছু নাই, ও রীতিমতো
অবাক এর চরম সীমা লঙ্ঘন করে ফেলেছে,মস্তিষ্ক কোনো
প্রকার উত্তেজনায় সাড়া দিতে এই মুহূর্তে অক্ষম।

রাজ দুপা পিছিয়ে এলো,একটা দীর্ঘ শ্বাস নিয়ে সমস্ত
নেতিবাচকতা কে মন থেকে ঝেড়ে ফেলতে চাইলো কিন্তু তা
আর হলো কই, তার আগেই নেহা বললো

"আমি আর তোমার সাথে থাকতে পারবো না "

রাজ খুব শান্তি ভাবে এগিয়ে এলো এসে নেহার কাঁধ টা ধরতে যেয়েও ধরলো না,কোথাও একটা বাধল।

"তুমি কি তোমার ডিসিশন এ দৃঢ় প্রতিজ্ঞ? "

"হ্যাঁ "

রাজ কিছু না বলে উল্টা দিকে ঘুরল ঘুরে ঠোঁট কামড়ে ধরে কান্না আটকানোর চেষ্টা করলো, দিয়ে রুম থেকে বেরিয়ে গেলো।

আর নেহা দরজা লাগিয়ে দরজায় ঠেস দিয়ে অঝোরে কাঁদতে লাগলো।
বিচ্ছেদের কষ্ট দুঃস্থ,দমে যাওয়া রাজ তাড়াতাড়ি সিড়ি বেয়ে নামতে লাগলো। সুলেখা দেবী আর বিশ্বনাথ বাবু কিছু কথা বলছিলেন।

রাজ কে এভাবে নামতে দেখে তিনি কিছু বলতে গেলেন কিন্তু রাজ কিছু বলার সুযোগ না দিয়েই হনহনিয়ে বেরিয়ে গেলো।

অপরদিকে --
নেহা অঝোরে কাঁদতে লাগলো আজ যেনো ওর চোখের জল বাঁধ মানছে না,বিচ্ছেদের কি তীব্র কষ্ট সেটা আজ হাড়ে হাড়ে টের পাচ্ছে রাজ,নেহা দুজনেই।

রাজ নিচে নেমেই গাড়ি নিয়ে বেরিয়ে পড়ল।

গন্তব্য কোনো বার, রোজ বেরি বারে এসে গাড়ি টা দাড়ালো,রাজ নামলো গাড়ি থেকে আজ রাজ সেই কাজটা করতে চলেছে যেটা ও কোনোদিন করেনি।

কাউন্টার এ যেতে দুটো রাম এর বোতল নিয়ে ফিরে এলো, গাড়িতে বসে বেস্ট ফ্রেন্ড জয় কে ফোন লাগালো।

--- "হেলো "
- "হুম্ একটা ফ্ল্যাট ভাড়া পাওয়া যাবে? "
- "হুম্,আমারই ফ্ল্যাট তোকে আমি এড্রেস টা সেন্ড করছি দাড়া "

জয় ফোন টা কেটে ভাবলো রাজের বাড়ি থাকতে ওর ফ্ল্যাট লাগবে কেনো।
যাই হোক জয় রাজকে এড্রেস টা সেন্ড করে দিলো।

রাজ এড্রেস এ লোকেশন মার্ক করে,সেই পথ ধরলো।
এড্রেস এ পৌঁছে দেখলো আসবাব পত্র সব ঠিক আছে। সব দেখে অসীম অসহ্যকর যন্ত্রণা নিয়ে রাজ রাম এর বোতল এ চুমুক দিল।

আর গলা থেকে পেট পর্যন্ত পুরো গ্রাস নালি জলন করে উঠলো। আসলে রাজ সোডা, জল কিছুই মিশিয়ে খাইনি
র খেয়ে ফেলেছে।

আজ রাজ বুঝতে পারলো যে মানুষ নেশা কেনো করে। ওরও আস্তে আস্তে নেশা লাগতে শুরু করলো।

আর জয় কে কল করে বলে দিল যে বাড়ি থেকে কল এলে যেনো বলে দেই যে রাজ কোথায় আছে সে জানেনা।
এদিকে সুলেখা দেবী,বিশ্বনাথ বাবু চিন্তাই পরে গেলেন,রাজ কোনো দিনও এত দেরি করে বাড়ি ফেরে না।

সুলেখা দেবী বিশ্বনাথ বাবুকে বললেন - "আমাদের রাজের বন্ধুদের কাছ থেকে জেনে নেওয়া উচিত "

"হুম্ আমারও তাই মনে হই "

সুলেখা দেবী প্রথমেই জয় কে ফোন করলেন কারণ সুলেখা দেবী আর বিশ্বনাথ বাবু জানেন যে জয় রাজের বেস্ট ফ্রেন্ড।

"জয়? "
"হ্যাঁ কাকিমা বলো "
"তুমি জানো রাজ কোথায়? "

জয় একবার ভাবলো যে রাজের কথা মত কাকীমাকে কিছু বলবে না নাকি সত্যিটা বলে দেবে।

যাই হোক,শেষ পর্যন্ত জয় ঠিক করলো যে ও কাকিমা কে দুটো মিশিয়ে বলবে ----
"কাকিমা রাজ আমার কাছে আছে,আসলে আজ ওর দেরি হয়ে গিয়ে ছিলো তাই আমার কাছে রয়ে গেছে। "

"ওহ্ আচ্ছা তাহলে ঠিক আছে " সুলেখা দেবী এক স্বস্তির নিঃশ্বাস ফেললেন।

বিশ্বনাথ বাবু সুলেখা দেবী কে জিজ্ঞেস করলেন -----
"কি বললো জয়? "
"ও বললো যে রাজের আজ একটু দেরি হয়ে গেছে তাই ও জয়ের কাছেই আছে "

"ওহ্ তাহলে ঠিক আছে, চলো আমরা শুয়ে পড়ি "

"দাড়াও আজ নেহা ডিনার করতে এসেছিল বলে তো আমার মনে হচ্ছে না,আমিও টেনশনের চোটেভুলে গেছি,ইস্ মেয়েটা কি খেলো কে জানে? "

এই ভেবে সুলেখা দেবী নেহা কে দেখতে উপরে উঠে গেলেন ------

এসে দেখলেন নেহা দরজায় ঠেস দিয়ে শুয়ে আছে, সুলেখা দেবী তাড়াতাড়ি ওকে ধরে তুলে বিছানায় বসালেন।
আর বিশ্বনাথ বাবু কে ডাকলেন।

আস্তে করে জলের ছিটে পড়তে নেহা পিট পিট করে চোখ খুলে তাকালো।

আর সুলেখা দেবী, বিশ্বনাথ বাবু স্বস্তির নিঃশ্বাস ফেললেন।
নেহার জ্ঞান ফিরতেই সুলেখা দেবী নেহার মাথায় হাত বুলিয়ে দিতে থাকলেন।নেহা আস্তে আস্তে উঠে বসলো, বিশ্বনাথ বাবু বালিশ দিয়ে দিলেন ঠেস দেওয়ার জন্য।

নেহা ঠেস দিয়ে বসেই বললো -----

"উনি আসেননি মা "?
"না রে মা "
"কোথায় উনি? "
"ও ওর বন্ধুর বাড়িতে আছে "

"ওহ্ আচ্ছা "

হুম্ তুই এক কাজ কর শুয়ে পড় এমনিই অনেক রাত হয়ে গেছে।

বিশ্বনাথ বাবু বলেন উঠলেন --
"আহ্,থামো তো। ও কিছু খেয়েছে? "
"ইস্ সেই তো আমি তো জিজ্ঞেস করতেই ভুলেই গিয়েছিলাম ভাগ্যিস মনে করালে তো,উফফ আমিও খুব বেশি ভাবেই ভুলে যাচ্ছি "

"কথা বাদ দাও ওকে আগে খেতে দাও "

"হ্যাঁ আই মা উঠে বস তোকে আর নিচে যেতে হবে না তুই বরং বাথরুমে গিয়ে হাত মুখ টা ধুয়ে আই,এমনিই কেমন রুক্ষ সূক্ষ্ম লাগছে । "

"হ্যাঁ মা যাচ্ছি "

এই বলে নেহা উঠে বাথরুমে গেলো, আর আয়নার সামনে দাড়ালো,খুব তীক্ষ্ম ভাবে নিজেকে দেখতে লাগলো ভগবান ওর মধ্যে কি কমতি রেখেছে, "আমি তো দেখতেও

ভালো, রূপের সাথে গুনেও ঠিক আছি কোনো কুকর্ম ও করিনি, অজে বাজে কিছু ভাবীও নি, তাহলে ভগবান কেনো আমার সাথে এমনি করলো। কি দোষ করেছিলাম আমি? "

নেহা রীতিমতো আর্তনাদ করে বলতে লাগলো, এই মুহূর্তটা একজন স্ত্রীর জন্য কতটা কষ্টের,দুঃখের সেটা আমাদের- আপনাদের কল্পনাতীত।

চোখ ফেটে জল আস্তে চাইলো ওর, আজ নিজে হাতে নিজের ভালোবাসা কে মেরে ফেলেছে ও।
হইতো রাজ আর নেহার মুখটাও দেখতে চাইবে না, হইতো নেহাকে ফের ভালোবাসতে ভয় লাগবে রাজের।
রাজের মনে নিজেই নিজের জন্য ঘৃণা,ক্ষোভ ভরে ফেলেছে নেহা।

যাই হোক নেহা চাই রাজ খুব সুখী হোক,
অজান্তেই হেসে ফেললো নেহা তবে হাসি টা আনন্দের না তাচ্ছিল্যের, নিজের প্রতি তাচ্ছিল্য
এই মুহূর্তে নেহার মনে নিজের প্রতি তাচ্ছিল্য ভরে উঠেছে কোনায় কোনায়।

হাসতে লাগলো,বেশ জোরে জোরে হাসতে লাগলো আবার হাসি টা পরিবর্তন হয়ে আস্তে আস্তে কান্নায় পরিণত হতে লাগলো, ডুকরে কেঁদে উঠলো নেহা প্রচন্ড কষ্ট হতে লাগলো, মনে হতে লাগলো হৃদয়ে কেউ ছুরি করে কোপিয়ে যাচ্ছে রক্তা রক্তি হয়ে যাচ্ছে চারিদিক কোনো কিছু প্রচন্ড জোরে টেনে ছিঁড়ে দিচ্ছে হৃদয় টাকে।

" না আর কাঁদবো না, রাজের সাথে এই সুন্দরভাবে কাটানো
মুহূর্ত গুলো কে নিয়েই কাটিয়ে দেব জীবন টা "

চটপট বাইরে বেরিয়ে মাকে একটা নকল হাসি উপহার দিলো
নেহা, মা কে বললো -----

"আমি খেয়ে নেব তুমি শুয়ে পড়ো "
"ঠিক তো! মনে করে খেয়ে নিবি হ্যাঁ? "
"হ্যাঁ ঠিক আছে "

এই বলে দরজাটা লাগিয়ে দিল, চটপট ব্যাগ পত্র গুছিয়ে রাজের
একটা ছবি নিয়ে ছোট একটা চিঠ
লিখে বালিশে চাপা দিয়ে ভোর রাতে বেরিয়ে পড়লো সন্তর্পনে।

বাইরে এসে হেঁটে চললো অজানা পথে, আজ থেকে ওর নতুন
জীবন শুরু

একবার পিছনে ফিরে তাকিয়ে নিল বাড়িটার দিকে
নিজের বুকে চেপে ধরলো রাজের ছবিটা, সবাই কে স্মরণ করে
এগিয়ে চললো।

দুচোখ দিয়ে অবাধ ভাবে নোনা জল গড়িয়ে পড়তে লাগলো, মুখ
দিয়ে আপনা আপনিই বেরিয়ে এলো ---

"আমারও পরানো যাহা চায়
তুমি তায় তুমি তাইই গো
তোমা ছাড়া আর এ জগতে মাের কেহ নাই, কিছু নাই গাে

॥তুমি সুখ যদি নাহি পাও, যাও সুখের সন্ধানে যাও—আমি তোমারে পেয়েছি হৃদয়মাঝে, আর কিছু নাহি চাই গো ॥ "
শুরু হলো নেহার অজানা পথে পা বাড়ানোর প্রথম ধাপ।

আস্তে আস্তে আকাশে আলো ফুটে উঠতে শুরু করলো,গাছ পালা পশু পাখি সহ মানুষ জন আড়মোড়া ভেঙে উঠলো।

শান্ত স্নিগ্ধ সকাল চারিদিকে শুভ্র রশ্মি ছড়িয়ে দিতে লাগলো।পুরনো দিনের সমস্ত দুশ্চিন্তা,দুঃখ ভুলিয়ে দেয়ার চেষ্টা করতে লাগলো।

এই শান্ত সকালে সকলের মনে শান্তি থাকলেও একজনের মনে শান্তি নেই, সে হল আমাদের রাজ
ইতি মধ্যেই নেহার বাড়িছাড়া হওয়ার কথা রাজের কানে চলে গিয়েছে, সুলেখা দেবী সকালে নেহার ঘরে গিয়ে দেখলেন রুম এ কেউ নেই, চারিদিক হাতরে বালিশের নিভৃত গোপনে একটি চিঠি পেলেন।

চিঠিটি পড়ে সুলেখা দেবীর চোখ জলে ভিজে গেলো তিনি জয় কে ডেকে চিঠিটা রাজের জন্য পাঠিয়ে দিলেন, জয় চিঠিটা নিয়ে যাওয়ার পরে বাড়িতে একটা মূর্মূর্ষ থমথমে আবহাওয়ার সৃষ্টি হলো।

জয় নিজের ফ্ল্যাটে গিয়ে রাজ কে ডেকে তুললো ---
"রাজ এই রাজ "
"হুমম বল না সকাল বেলায় ঘুমের মা বইন কেনো করছিস? "

"নেহা বৌদি বাড়ি ছেড়ে চলে গেছে "

এটা সোনা মাত্রই রাজের আকাশ পাতাল সব এক হয় হয় অবস্থা।

রাজ খানিক বিভ্রান্ত হয়ে --- " তুই মজা করছিস বল? "

"নারে ভাই "

রাজ আঁতকে উঠল "কি বললি তুই নেহা আমাকে ছেড়ে চলে যাবে। "

জয় রাজ কে নেহার লেখা চিঠি টা দিল
চিঠিটা তে লেখা ছিল ----

প্রিয়, রাজ

        জানি খুব কষ্ট হবে আমার তোমাকে ছাড়া থাকতে, হয়ত তোমারও হবে বা হবে না। আজ চলে যাচ্ছি সব কিছু ছেড়ে এই বাড়ি, বাবা মা , তোমাকে
সবাই কে ছেড়ে। কিছুই নি নিই শুধু একটা জিনিষ ই নিয়ে যাচ্ছি তোমার স্মৃতি হিসাবে, এ জীবনে নাই বা তোমায় পেলাম, তোমার অংশ কে নিয়ে যাচ্ছি আমার সাথে, ওর মুখ দেখেই সারাটা জীবন কাটিয়ে দেবো। পারলে একটা টুকটুকে মেয়ে দেখে বিয়ে করে নিও, আর বেশি কিছু বলবো না পিছুটান আর নেই ফিরে আসার। হ্যাঁ আর একটা কথা আমাকে খোঁজার চেষ্টা করো না। আমি যেখানে থাকবো ভালো থাকবে তাই চিন্তার কিছু নেই,

একটা অনুরোধ করবো রাখবে? আমায় পুরোপুরি ভাবে ভুলে যেও না তোমার মনের কোণে একটু জায়গা দিও।

ইতি
তোমার অভাগিনী অর্ধাঙ্গিনী

এটা পড়ে রাজের অবস্থা অসহ্যকর, ঘরে প্রতিটি আসবাব কে ভেঙে ফেলতে লাগলো,টেবিল ক্লথ টা টেনে ফেলে দিল ফ্লাওয়ার ভেস টা মাটিতে এক আছাড় মারলো ভেস টা কাঁচের ছিলো তাই রাজের সু- গঠিত হাতের উদ্দাম আছাড় খেয়ে বেচারা মুখ থুবড়ে পড়ল আর গুড়ো গুড়ো হয়ে গেলো।
প্রচন্ড জোড়ে হাঁটু গেড়ে বসে পড়লো রাজ , চোখের জলে ভেসে যেতে লাগলো টি - শার্ট টা।
হাঁটু তে এলোমেলো ভাবে ঢুকে যেতে লাগলো কাঁচের ছোট ছোট টুকরো, গলগল করে রক্ত বেরোতে লাগলো হাঁটু আর কনুই থেকে।

রাজের সেই দিকে কোনো ধ্যান নেই, ও উঠে দাড়ালো এপাশ ওপাশ তাকিয়ে আপন মনেই বলে উঠলো " না আমাকে বেরোতে হবে, নেহা এভাবে ছেড়ে যেতে পারেনা আমায়, না না না কোনো ভাবেই না" রাজ রীতি মত চেচিয়ে উঠলো।

আর জয়? জয় তো হতভম্ব বন্ধুর এই অবস্থায় ও আর করবেই বা কি? ওর কোনো সন্তনাই এখন রাজকে শান্তি সন্তুষ্টি এনে দিতে পারবে না।

রাজ হনহনিয়ে বেরিয়ে গেলো রুম থেকে জয় পেছন থেকে

চেঁচিয়ে উঠলো "রাজ দাড়া আমিও যাবো, আর তোর হাঁটুতে ব্যাথা হবে রে"

কে শোনে কার কথা রাজ এখন বিরহী আত্মার মত ছুটে চলেছে মুক্তির মানে নেহার পানে।
কি করবে রাজ কিছুই মাথায় আসেনা তাই ও ঠিক করে প্রথম স্টেশন গুলো চেক করবে।

গাড়ি বের করে প্রচন্ড গতিতে গাড়িটা ছুটে চললো হাওড়া স্টেশন এর উদ্দেশ্যে, স্টেশন ঢুকেই ট্যাক্সি বুথ পেরিয়ে দৌড়ে ঢুকে পরলো হাওড়া স্টেশন এ।
তন্ন তন্ন করে খুঁজতে লাগলো এদিক ওদিক তাকিয়ে। না এভাবে সম্ভব নয়, তারাতারি পুলিশ এর কাছে গিয়ে মিসিং লিস্ট এ নাম লিখিয়ে দিল নেহার।

নাই এত করে ডেকেও পাইনি নেহাকে রাজ, ফের গাড়ি ছুটে চললো শিয়ালদহ এর উদ্দেশ্যে ওখানেও পেলো না রাজ নেহাকে এদিকে রক্তা রক্তি অবস্থা রাজের। ফেরিঘাট থেকে শুরু করে মেট্রো থেকে এয়ারপোর্ট সমস্ত জাইগাতে খুঁজেছে রাজ, পাইনি নেহাকে, রাজের মাথা ব্যাথা তে ফেটে যাচ্ছে, দপদপ করছে হাতে পায়ে প্রচন্ড ব্যাথা সহ্য জ্বালা যন্ত্রণা অনুভব হচ্ছে।

না আর পারলো না রাজ, প্রচন্ড মানসিক আর শারীরিক চাপের ফলে বাবুঘাট - এর কাছে ট্যাক্সি স্ট্যান্ড এ মাথা ঘুরিয়ে পরে গেলো।

আস্তে আস্তে লোক জড়ো হলো, নানান রকমের কথা হতে

লাগলো এরই মাঝে একটা অবয়ব ভিড় থেকে এগিয়ে এলো, কেমন জানি খুব চেনা চেনা লাগলো অবয়ব টা রাজের পরিক্ষার ভাবে বুঝে ওঠার আগেই রাজের চোখ বুজে যাই। কানে লোকজনের ক্ষীণ বার্তালাপ শুনতে পাওয়া যায়।

আলো আঁধারির খেলাতে রাজ আঁধার কে পরাজিত করে যখন চোখ মেলে তাকায় তখন দেখে সামনে চেনা সব মুখ গুলো, মা বাবা জয় সবাই "না সবাই নেই ,একজন নেই সে হলো নেহা" রাজের সবকিছু একঝটকাতে মনে পড়ে যায়।

আর সঙ্গে সঙ্গে বেড থেকে নামতে যাই ফলবসত হাতে লাগানো সেলাইন এর চেনেল এ টান পরে আর রাজ ককিয়ে ওঠে।

এতক্ষন কেউ লক্ষ্য করে নি, রাজের আওয়াজ পেতেই সবাই তড়িৎ বেগে উঠে দাড়াই আর রাজের দিকে এগিয়ে যায়।

"রাজ কি হচ্ছেটা কি? তোমার হাতে সেলাইন লাগানো আছে খেয়াল নেই? একে একটা কাণ্ড ঘটিয়েছেন আর পায়ে হাতেও ব্যান্ডেজ।" বিশ্বনাথ বাবু বলে উঠলেন।

" হ্যাঁ বাবা তুই একটু বিশ্রাম নে দয়া করে"
সুলেখা দেবী বললেন।
"হ্যাঁ ভাই তুই রেস্ট নে, তোর রেস্ট দরকার" জয় বললো।

রাজের কাছ থেকে কোনো উত্তর পান না কেউই।
রাজের মুখে একটা থমথমে ভাব, বিগত কিছু সময়ের ঝড়ের চাপ স্পষ্ট হয়ে আছে ওর মুখে, মেজাজে।

চুপ চাপ বসে পড়লো রাজ নিজের বেড এ।

বিশ্বনাথ বাবু, সুলেখা দেবী, জয় অনেকে অনেক কিছুই বললেন কিন্তু রাজ কোনো সাড়া দিল না।

থম মেরে বসে রইলো।

কেউ কোনো সাড়া না পেয়ে আর কিছু জিজ্ঞেস ও করেনি।

দুটো দিন একই ভাবে কেটে গেলো, রাজের নিস্তব্ধতা সুলেখা দেবীর মনে মমতার অসহায়তার চাপ ফেলে দিচ্ছিল ক্ষণে ক্ষণে।

তার মমতা ডুকরে কেঁদে উঠছিলো, কিন্তু কি ই বা করার আছে তার।

২ মাস পরে ----

সিড়ি বেয়ে নেমে এলো একজন গুন্ডা টাইপ চেহারা ওয়ালা লোক - একমুখ দাড়ি, না কাটা চুল অবিন্যস্ত ভাবে ঘাড়ে পিঠে চুমু খাচ্ছে।

শুকিয়ে যাওয়া মুখ, নিজের চেহারাই নিজেই ভয় পাওয়া চোখ ,ভয়ে কোটরে ঢুকে পড়েছে।

কোথাও না দাড়িয়ে সোজা বেরিয়ে পড়ছিল রাজ, হ্যাঁ ওটা রাজ ই, পেছন থেকে সুলেখা দেবী ডাকলেন রাজ দাড়িয়ে পড়লো কিন্তু না ঘুরে দুটো আঙ্গুল উপর তুলে ইশারাতে বুঝিয়ে দিল যে ও এখন খাবে না, দুপুরে খাবে।

গত ২ মাসে রাজ কারোর সাথে কথা বলেনি, অফিস স্টাফ ছাড়া। হ্যাঁ ঠিক শুনছেন রাজ এখন জব করে না, এখন রাজ নিজের মিডিয়া চ্যানেল চালায়।

নেহা চলে যাওয়ার পরে সারা সারা দিন কাজ নিয়ে ডুবে থাকতো

রাজ।

কাজ কেই ধর্ম করে নিয়ে ছিল নিজের, আর তার পরিশ্রমের ফল এই কোম্পানি।

পথেই একটা মদ দোকানে দাড়িয়ে এক কার্টেন হুইস্কি কিনে নেয়। না না এক মাস না এক সপ্তাহও না এক এক দিনে ১৫-২০ বোতল হুইস্কি খেয়ে ফেলে এখন রাজ, সেই সেদিনের কষ্টের সাথী টা আর ওর জীবন সাথী ও হয়ে গেছে।

গাড়ি চালাতে চালাতে বোতল এ চুমুক দিতে থাকে রাজ। গাড়ি চলতে থাকে আপন বেগে ঝাউ বন, হাইওয়ে পেরিয়ে। অফিস পৌঁছাতে পৌঁছাতে এ তে বোতল শেষ করে ফেলেছে রাজ। নেশায় টইটুম্বুর হয়ে অফিসে ঢুকে কিন্তু ঢলে পড়ে না বা ওর পাও কাপে না, কারোর দীর্ঘ দু মাসে এগুলো ওর প্র্যাক্টিস হয়ে গেছে।

নেশা করে ঠিকই, কিন্তু কাজে না ও নিজে গাফিলতি করে আর না কারোর করাটা পছন্দ করে।

কাজের প্রতি ও সবসময় স্ট্রিক্ট। ডিসিপ্লিন মেনে চলে।

হ্যাঁ ওর সাথে আরেকটা জিনিস জুড়েছে রাজ, মানে আরেকটা নেশা আর কি! সেটা হলো মেয়ের নেশা
প্রতিদিন হোটেল হায়াত এর ২৩৪ নং রুম এ নিউ মেয়ে। বেশি কিছু না শুধু শারীরিক সঙ্গম করা আর হয়ে গেলে টাকা টা মুখের উপর ছুড়ে ফেলা।

এই বাইরের মেয়ে গুলোর প্রতি রাজের মনে বিতৃষ্ণা কানায় কানায় পূর্ণ হয়ে গেছে। রাজের মেয়ে জাতিকে সম্মান করার মনোভাব টাই উড়ে গেছে। শুধু রয়েছে ঘৃণা আর ঘৃণা।
এই ঘৃণাই রাজকে চরম অন্ধকারে ঠেলে দিচ্ছে।
রাজ এখনও পর্যন্ত ১০০ র ও বেশি মেয়ের সাথে সঙ্গম করেছে,কিন্তু প্রত্যেকের মধ্যেই নেহা কে পাওয়ার চেষ্টা করেছে তবু পাইনি।

অনেকের উপর নিজের রাগ ও ঝেড়েফেলেছে, আত্মা কাপানো চিতকার দিয়ে।এছাড়া আর কোন ভাবেই ওদের সাথে জড়াইনি রাজ।
মানসিক ভাবে তো মোটেই না।শারীরিক সঙ্গম হলেও ওর মনকে কেউ ছুঁতে পারেনি সেভাবে যেভাবে নেহা ছুয়ে ছিল।

এখনও ওর মনটা নেহার ই আছে পুরোপুরি ভাবে।
এভাবে কেটে যায় বছর খানেক,এখনও অবস্থা একই
শুধু অবনতি হয়েছে রাজের শরীরের,কিন্তু ওর কোম্পানি আজ গগন চুম্বি।
চেহারা একে বারে ভেঙ্গে পড়েছে রাজের, মন টা তো অনেক আগেই ভেঙেছে।

রাজের কাছে ইচ্ছা বলতে বাকি রয়েছে শুধু নেহার সাথে দেখা করা আর ওকে জিজ্ঞেস করা যে কেনো ও রাজকে ছেড়ে গেলো ?
এগুলো ভাবতে ভাবতে রাজ কখন যে টেবিলে মাথা দিয়ে ঘুমিয়ে পড়েছে টের ই পায়নি।

কিছুক্ষন পরে একটা কল এর রিংটোনে রাজের ঘুম ভাঙ্গলো। উঠে দেখলো অফিস থেকে ফোন এসেছে

কল টা তুলে বললো _"বলো কি দরকার?"

"স্যার আপনাকে কিছু দিনের জন্য মালয়েশিয়া যেতে হবে"
"ওকে ফ্লাইট কবেকার?"
"কাল বিকেলের স্যার"
"ওকে"

এই বলে রাজ কল টা ডিসকানেক্ট করলো, মালয়েশিয়া নাম টা শুনে মন টা কেমন জানি ইঙ্গিত দিলো।
যথা রীতি মা বাবা কে প্রণাম করে রাজ মালয়েশিয়া জন্য রওনা হলো।

রাত ১১:৫৭ --
সবাই ঘুমে মগ্ন শুধু একজন বাদে, আর সেটা হলো রাজ ওর মনটা কেমন কেমন করছে, যেনো কিছু বলতে চাইছে।

শেষ মেষ ছোট একটা দ্বন্দ্ব করে রাজ ওর চিন্তা ভাবনা কে উপেক্ষা করে ঘুমিয়ে পড়ল।

সকাল বেলা --------

হোটেল আলিসেহাউস এ রাজ থাই গ্লাসে বাইরের দিকে তাকিয়ে ছিল। ওর মনে এখন ঝড় বইছে, এই একটুক্ষণ আগে ও এমন একটা লোকের সম্মুখীন হয়ে ছিল যা অবিশ্বাস্য। যদিও রাজ

সিওর না তবুও তাকেই মনে হলো।

" ওই ছিল এটা, কিন্তু ও এখানে কি করে?"

"আআআআআহহহহ মাথা টা বিগড়ে যাচ্ছে আমার
ড্যাম ইট, নাহ্ আমি খোজ খবর নেবো আমাকে নিতেই হবে"।
রাজ ফোন লাগায় সিফাত কে " মারহাবান সিফাত? "(হেলো
সিফাত?)
"নেম সায়িদি আখবরনি মাধা আফিল মিন অজলক? "(হ্যাঁ স্যার
বলুন কি করতে পারি আপনার জন্য? \"
\"এয়ালয়ক আন তাজিদ সক্ষমা " (একজনের খোঁজ নিতে
হবে।)
"ফাকাত এইতানি সুরাত লাহা " (তার শুধু একটা ছবি দিন)
" সাও তাহসুল এয়ালায়াহ আমামক " (ছবিটা তুমি তোমার
বাড়ির সামনে পেয়ে যাবে।)

" হাসানানান সাইয়ীদি "(ওকে স্যার ")
[এগুলো সব আরবি ভাষা]

এই বলে রাজ ফোন টা রেখে দিল।
নিজের তর্জনী আর মধ্যমা কপালে ঘষতে লাগলো।

এদিক ওদিক তাকিয়ে ওর সিগার এর প্যাকেট টা থেকে একটা
সিগার বের করে ওর পুরুষ্ট ঠোঁটের মাঝে চেপে ধরলো, আর
সমস্ত ধোয়া নিগড়ে নিতে লাগলো।

গরম কালো ধোয়া শ্বাসনালী বয়ে নেমে যেতে লাগলো আর সঙ্গে নিয়ে যেতে লাগলো একরাশ দুঃখ,কষ্ট,আবেগ, যন্ত্রণা।

আরামে দু চোখ বুজে আসে রাজের,মাথা টা নিজের সামনে রাখা ডেস্ক এ এলিয়ে দেই। পুরনো দিনের কথা ভাবতে থাকে প্রথম খুব দুঃখ লাগে চোখ দিয়ে জল গড়িয়ে যেতে থাকে, আস্তে আস্তে দু চোখ বুজে আসে ঘুমে, ঘুমিয়ে পড়ে রাজ।

বিকেল ৪:০০ একটা ফোন ড়ুকে রাজের ফোনে রিসেপশন থেকে, রাজ ফোন টা রিসিভ করে \"হেলো \"

" ইয়াকাদ হান সায়ীদি সিফাত "(স্যার সিফাত এসেছে "
"ফল্যাত " (ওকে আসতে দাও)

রাজের কেবিন এর দরজাটা হালকা ফাঁক হয়ে গেলো।

" মে আই কাম ইন স্যার? "
"ইয়া কাম ইন "
" সায়ীদী, হেদা হূ ইউন্বানিহা " (স্যার এটা ওই মেয়ে টার ঠিকানা)
" ইউ ক্যান গো নাও "
" নেম সায়ীদী " (যথা আজ্ঞা)

রাজ ঠিকানা টার দিকে এক দৃষ্টে তাকিয়ে রইল তারপর উঠে তারাতারি রিসেপশন এ বলে
দুটো গাড়ি নিয়ে বেরিয়ে পড়লো রাজ, ঠিকানাটা হলো-

Bukit ho suyi

Pelver road, house no -16G

সাড়ে তিন ঘন্টার জার্নি পর রাজ পৌঁছলো এড্রেস টা তে। বুকের মধ্যে তখন কেউ হাতুড়ি পিটছে, পা গুলো কাপছে, কাপা হাতে রাজ বাড়ির বেল বাজালো প্রথম বার কেউ খুলেনি দ্বিতীয় বার একজন এসে দরজাটা খুললো।

রাজের চোখ দুটো বড়ো হতে লাগলো এত বড়ো যে চোখ দুটো বাইরে বেরিয়ে যাবে, টপ টপ করে গড়িয়ে পড়তে লাগলো নোনা জল, রাজের মনটা আনন্দে ভরে উঠলো ওর মনে যে নারী বিদ্বেষী সত্তা টার জন্ম হয়ে ছিল সেটার নিমেষেই মৃত্যু ঘটে গেলো।

নেহার চিনতে ভুল হয়নি রাজকে, ও ঠিক ই চিনেছে।
তবে এ কি অবস্থা রাজের, চেহারা নেই বললেই চলে পুরোপুরি ভাবে ভেঙ্গে পড়েছে, চোখের নিচে কালো কালি, এক মুখ দাড়ি, চুল গুলো চোখে মুখে ছড়িয়ে ছিটিয়ে।
যদিও নেহা নিজেও ঠিক নেই, ওর মুখের সেই চকচকে রূপ টাও নেই, চোখের নিজের পুরো কালি পড়ে গেছে।

নেহার চোখ বাধ ভাঙ্গলো আর আটকিয়ে রাখতে পারলো না নেহা অঝোরে কেঁদে ফেললো, ঝাঁপিয়ে পড়লো রাজের উপর রাজ ও নেহাকে জাপটিয়ে ধরল, যেনো কোনো ভাবেই ও নেহা কে যেতে দেবে না।

এমন সময় পেছন থেকে একটা বাচ্চা মেয়ে আধো আধো বুলিতে বলে উঠলো -

" মাম্মাম তুমি কি কত্তো? "

এতক্ষনে নেহার হুস এলো এবং রাজের থেকে নিজেকে মুক্ত
করে দাড়ালো।
আর স্থির চোখে রাজের দিকে তাকিয়ে রইলো।
"কেনো ছেড়ে চলে গেলে ? " রাজ নেহাকে জিজ্ঞেস করল।
নেহার ঘোর কাটল, "সেটা আমি তোমাকে বলতে বাধ্য নই "
"আচ্ছা আর এই যে জড়িয়ে ধরলে আমায় এটা? "
"ওটা অনেকদিন পরে দেখা হলো তাই " নেহার গলা কেঁপে
উঠলো।
"ওহ্! তাহলে আমাকে মানতে হচ্ছে যে তোমার চোখ,মুখ
আমাকে মিথ্যে বলছে আর তুমি সত্যি বলছো। "
নেহা বিহ্বল দৃষ্টিতে তাকিয়ে রইল রাজের দিকে,এই মুহূর্তে ওর
কথা বলতে যে কতটা কষ্ট হচ্ছে সেটা শুধু নেহাই জানে।

তবুও নিজেকে কিছুটা সংযত করে বললো " সেটা তোমাকে
বলতে বাধ্য নই। "
"বাধ্য তুমি বাধ্য " রাজ চেঁচিয়ে বলে উঠলো।
"কোন অধিকারেএটা বলছো তুমি? "
"তুমি আমার স্ত্রী নেহা, আর তারই অধিকারে আমি এটা বলছি "
রাজ বেশ আশা নিয়ে বললো।

" হুহ, স্ত্রী কিসের স্ত্রী? স্ত্রী থাকতে .... "
নেহা তাচ্ছিল্যের স্বরে বলে উঠলো।

"স্ত্রী থাকতে ... তারপর কী? "
"কিছু না ছাড়ো "

বাচ্চা মেয়েটা অবাক চোখে তাকিয়ে ওদের ঝগড়া দেখছিল,
আর মাথা চুলকাচ্ছিল।

"বাড়ি ফিরে চলো নেহা " রাজের স্বর শান্ত শীতল।
নেহা রাজের বলার ধরন দেখে কিছুটা আঁতকে উঠে,
"সেটা আর সম্ভব না "

রাজের কানে আওয়াজ টা যাওয়া মাত্র রাজের অন্তরাত্মা কেঁপে
উঠে।
" কি বললে যাওয়া যায় না? "
"না "
" কেনো নেহা কি এমন আছে যার জন্য তুমি তোমার
ভালোবাসা,তোমার স্বামী মা বাবার কাছে ফিরে যেতে চাও না?
"রাজের গলা কেঁপে উঠতে লাগলো।

নেহা নিজের কান্না আটকিয়ে রেখে জড়ানো কণ্ঠে বলে উঠলো
"হ্যাঁ আছে কারণ আছে, অতীত আমাকে কষ্ট ছাড়া কিছু দেই নি
রাজ, আর সেই অতীত কে আমি ঘাটাতে চাই না, বেশ ভালো
আছি এই জীবন নিয়ে ,
ফিরে যাও তুমি, নতুন করে বাঁচো; বাঁচতে শিখো। "

" মানলাম অতীত তোমাকে কষ্ট দেই অতীতের জন্য না হোক,
আমার ভালোবাসার জন্য ফিরে চলো। মনে পড়েনা আমাকে?
কষ্ট পাওনা আমাকে ছেড়ে থাকতে, দম থাকলে বলো, হুহু করে
কেঁপে ওঠেনা তোমার বুকটা? বলো ভালোবাসোনা তুমি আমায়?
"

রাজ নেহাকে ঝাঁকিয়ে বেশ জোরে বলে উঠলো।

নেহার চোখ দিয়ে এতক্ষন টপাটপ জল পড়ছিল আর ও হাতের উল্টা পিঠে করে জলটা মুছছিল।

"হ্যাঁ হ্যাঁ ভালোবাসি তোমায় নিজের থেকেও বেশি আগেও বাসতাম,এখনও বসি, আমৃত্যু বেসে যাবো "

"তাহলে চলো আমার সাথে,আমাদের জীবনে যেখানে সবাই তোমার জন্য অপেক্ষা রত "

"এটা আর সম্ভব না রাজ , সম্ভব না "
"বাহ্ খুব সহজেই বলে ফেললে না ? কখনও ভেবেছো যে এই দুটো বছর আমি কিভাবে কাটিয়েছি, বেঁচেছিলাম না মরেছিলাম খবর নিয়েছ?
হিসেব দিতে পারবে সেই দিন গুলোর যেদিন গুলো আমি শুধু তোমার জন্য কেঁদে ভাসিয়েছি? নাওনি, কেনোই বা নিবে? "

"তুমি যাই বলো রাজ আমার পক্ষে আর ফিরে যাওয়া সম্ভব না , এখন আমি অন্য কারোর স্ত্রী। "

রাজ এটা শোনার জন্য প্রস্তুত ছিলো না, এটা শুনে রাজ দুপা পিছিয়ে গেলো , চোখ দিয়ে নদীর মত বয়ে যেতে লাগলো অশ্রু ধারা। এই মুহূর্তে রাজের মনে হচ্ছে ওর বুকে কেউ ছুরি বসিয়ে বুকটা ফেড়ে
হৃদপিণ্ড টা ছিঁড়ে খুড়ে টুকরো টকরো করে ফেলছে।

প্রচন্ড ব্যাথা অনুভব হতে থাকে,

রাজ অনেক কষ্টে উঠে দাড়াই নেহার দিকে একদৃষ্টে তাকাই কিছুক্ষন, পাশে দাড়িয়ে থাকা মেয়ে টার মাথাই হাত বুলিয়ে দেই "নাম কি তোমার? "

মেয়েটা ভয়ে ভয়ে বলে "রাজশ্রী "

রাজের মুখে হাসি ফুটে ওঠে , আস্তে করে জড়িয়ে ধরে ওকে, মনে একটা হালকা ভাব নেমে আসে, কেমন জানি খুব আপন আপন লাগে রাজশ্রী কে।

রাজশ্রী কে ছেড়ে দিয়ে রাজ উঠে দাড়াই

"তোমার মেয়ে? "
"হ্যাঁ "

"বাহ্ খুব সুন্দর "
"ধন্যবাদ "

"আসি তাহলে? "
এই বলে রাজ উল্টা পথে হাঁটা ধরে
"রাজ "
হঠাৎ নেহার আওয়াজ এ রাজ দাড়িয়ে পরে,
পিছন ফিরে এসে নেহার কপালে একটা ভালোবাসার পরশ এঁকে দেয়।

রাজ বলে " এটাই আমার শেষ ভালোবাসার পরশ। "

এই বলে রাজ খুব দ্রুত উল্টা পথে চলে যায়।

গাড়ি তে চেপেই স্পিডোমিটারের কাঁটা টা তুলে দিতে থাকে ৫০-৬০-৭০-৮০-৯০-১১০-১৩০-১৪০

আর পারেনা রাজ অঝোরে কেঁদে দেই এত কষ্ট আর সহ্য হয় না ওর, গাড়িটা প্রচন্ড স্পীডে সামনের একটা দাড়িয়ে থাকা লরিতে ধাক্কা মারে, দুমড়ে মুচড়ে যাই গাড়িটা, , শরীর টা পিসা যায় গাড়ির মধ্যে, রক্তের সাথে ধুয়ে যেতে থাকে সমস্ত দুঃখ, কষ্ট,যন্ত্রণা।

সঙ্গে সঙ্গে রাজের সঙ্গে আসা গাড়িটা থেকে কয়েকজন নেমে আসে,রাজ কে পাঁজাকোলা করে নিয়ে গাড়িতে বসাই।

রাজের অবস্থা একেবারেই অসহ্য, দেখার মত না

মাথা ফেটে গেছে, হাত পা থেকে হাড় বেরিয়ে গেছে কিছু কিছু জায়গাই।

গাড়িটা হসপিটাল এ ঢুকতেই রাজকে এমার্জেন্সি তে ভর্তি করা হলো ।

ডক্টর বললেন কন্ডিশন খুব ক্রিটিক্যাল, না বাঁচার চান্স টাই বেশি।

খবর টা জয় এর কানে পৌঁছে গেছে, খবর টা শুনেই জয় এর পায়ের তলে মাটি সরে যায়, ইমার্জেন্সী ফ্লাইট বুক করে রাজের বাবা মা কে নিয়ে মালেশিয়া তে পৌঁছোয়। সুলেখা দেবী তো কেঁদেই চলেছেন আর বিশ্বনাথ বাবুর ও অবস্থা ভালো না, তিনি কাকেই বা সামলাবেন।

জয় আর রাজের বাবা মা এসে ওটি এর বাইরে বসে আছেন। জয় পাইচারি করছে আর বিড়বিড় করে কি বকছে, বিশ্বনাথ বাবু স্ত্রীকে জড়িয়ে ধরে আছেন, মাথায় হাত বুলিয়ে দিচ্ছেন।

হঠাৎ ওটি র আলো নিভে গেলো, সবাই দুরুদুরু বুকে অপেক্ষা করছে ডক্টর এর জন্য, ওটি র দরজাটা হাল্কা ফাঁক হতেই ডক্টর বেরিয়ে এলেন।
ডক্টর কে দেখেই জয় ডক্টর এর কলার ধরে বলল "রাজ বেঁচে আছে তো? বেঁচে আছে তো?" চেচিয়ে উঠলো।

"শুনুন মিস্টার, আপনি একটু শান্ত হন" এই বলে ডক্টর জয় কে নিজের সাথে কেবিন এ যেতে বললেন।

জয় রাজের বাবা মা এর দিকে তাকিয়ে ওদের আশ্বস্ত করল।

কেবিন এ ঢুকতেই ডক্টর বলে উঠলেন " ওনার সেভেরাল ইনজুরি হয়েছে, হাতের মাসল টেয়ার হয়েছে, ৬ টা হাড় ভেঙেছে এবং হার্ট এর কিছু প্রকোষ্ঠ জাম হয়েছে, তাই ব্লাড সার্কুলেশন ঠিক ভাবে হচ্ছে না"
ওসব ছাড়ুন আগে বলুন রাজ বেঁচে আছে তো?" জয় খুব শীতল গলায় জিজ্ঞেস করলো।

ডক্টর একটা দীর্ঘশ্বাস ছেড়ে বললেন " নামে মাত্র, উনি এখন সম্পূর্ণ অসুস্থ, এটা রিকোভার হতে অনেক সময় লাগবে, কিন্তু রিকোভার করা যাবে আপনারা যদি ভালোবেসে রিকোভার করতে পারেন ভালো নাহলে কোনো পথ নেই"

জয় কিছু না বলে উঠে চলে গেলো।

ওটি থেকে রাজের প্যান্ট জামা হাতের একটা কাগজ বের করলো আর বেশ রাগী চোখে তাকিয়ে রইল কাগজ টার দিকে। এমন সময় জয়ে র ফোনে একটা কল ঢুকলো, নাম লেখা "লাইফ"।
জয় একবার তাকিয়ে মুখে একটা চওড়া হাসি দিয়ে বললো "বলো শ্রী,আমি রাজের কাছে আছি ওর একটা গুরুতর অ্যাকসিডেন্ট হয়েছে"
"কিন্তু কিভাবে?" ওপাশ থেকে একটা সুমধুর কণ্ঠস্বর শুনতে পাওয়া গেলো ।
"ওটা অনেক বড়ো ঘটনা, ফোনে বলা যাবেনা ফিরে গিয়ে বলবো"
"না না আমি আসছি,তুমি এড্রেস টা সেন্ড করে দাও।"

জয় একটা দীর্ঘশ্বাস ছেড়ে শ্রী কে এড্রেস টা সেন্ড করে দিলো। দিয়ে বেরিয়ে পড়লো গাড়ি নিয়ে,যাওয়ার আগে সুলেখা দেবী আর বিশ্বনাথ বাবু কে বলে গেলো \"রাজের কিছু হবে না তোমরা ওর কাছে বসো"

এই বলে কাউকে কিছু বলতে না দিয়ে জয় বেরিয়ে পড়লো।

সুলেখা দেবী কাঁপা কাঁপা পায়ে কেবিনের সামনে গিয়ে দাঁড়ালেন, স্কোয়ার কাঁচ টা দিয়ে মুখটা বাড়িয়ে দেখার চেষ্টা করলেন রাজ কে, আর উনি সক্ষম ও হলেন, রাজের অবস্থা দেখে উনি আর দাড়িয়ে থাকতে পারলেন না মুখে হাত চাপা দিয়ে দরজাই ঠেস দিয়ে বসে পড়লেন আর কাঁদতে লাগলেন।

বিশ্বনাথ বাবু কেবিন এ উঁকি দিয়ে একবার দেখলেন,
সত্যি ছেলেটা দেখার মত অবস্থায় নেই মাথায় ব্যান্ডেজ,পায়ে
ব্যান্ডেজ পা টা উপর করে ঝোলানো
হাতে খান পাঁচেক চ্যানেল লাগলো, একটা দিয়ে রক্ত দেওয়া
হচ্ছে আর একটা সেলাইন।

বিশ্বনাথ বাবুর মত লোকের ও বুক টা কেঁপে উঠলো।
তিনি সুলেখা দেবী কে কাঁধ ধরে দাড় করালেন
"সু এভাবে ভেঙ্গে পড়লে হবে না, ও আমাদের ছেলে আমরা ঠিক
না থাকলে ওকে কে দেখবে, শক্ত হও সু
ভেঙ্গে পড়ো না । এখন তুমিই ওর সাহারা।"

সুলেখা দেবী একদৃষ্টে স্বামীর দিকে তাকালেন, সত্যি সুলেখা
দেবীর গর্ব হচ্ছে একরকম একটা স্বামী পাওয়ার জন্যে, যে বিনা
দ্বিধায় সমস্ত সংকটে,আনন্দে ওনার সঙ্গে থাকেন, এটাই তো
জীবন সাথী র আসলে মানে
যেমন চাণক্যের শ্লোক আছে " উৎসবে ব্যসনে চৈব দুর্ভিক্ষে
রাষ্ট্রবিপ্লবে
রাজোদ্বারে শ্মশানে চ যতিষ্ঠতি স বান্ধব।।\"

সুলেখা দেবী চোখের জল মুছে নেন। আর মাথা নেড়ে বলেন
"আমি কাঁদবো না,আমরা সবাই মিলে রাজকে ঠিক করে
তুলবো,দেখো তুমি কিচ্ছু হতে দেবো না আমরা রাজের"
বিশ্বনাথ বাবু ইতিবাচক মাথা নাড়েন।

ঐদিকে জয় দাড়িয়ে একটা বাড়ির বেল বাজিয়ে যাচ্ছে, হ্যাঁ এটা

নেহার ই বাড়ি।
জয় নেহার উপর প্রচন্ড রেগে আছে, কিছুক্ষন অনবরত বেল বাজাতে একটা বাচ্চা মেয়ে এসে দরজা খুললো, জয় ঝাড়তে যাচ্ছিল কিন্তু সামনে বাচ্চাটাকে দেখে, হাঁটু গেড়ে বসে বললো "বাড়িতে কেউ নেই?"
মেয়েটি এতক্ষন বিহ্বল দৃষ্টিতে তাকিয়ে ছিল,এই কদিন ওদের বাড়িতে অনেক আগন্তুকের আগমন ঘটেছে তাই ও বেশ বিব্রত।
মেয়েটা ওর আধো বুলিতে বলে উঠলো "না মাম্মা টো নেই"
"ও আচ্ছা তাহলে চলো তোমার মাম্মা র জন্য ওয়েইট করি ।" এই বলে জয় মেয়েটি কে কোলে নিয়ে দরজা টা লাগিয়ে সোফায় বসে, আর ওয়েইট করতে থাকে নেহার জন্য।

মাঝে মাঝে কথা বলতে থাকে মেয়েটি র সাথে।।
জয়ের খুব ভালো লাগে মেয়েটিকে, ও বেশ ভালোভাবে মিশে যায় ওর সাথে।

মেয়েটিও বেশ বকবক করে যাই, কথা বলার সময় ওর হাটনাড়ার ভঙ্গিমা দেখে জয়ের খুব হাসি পায়।
এমন সময় কেউ দরজায় বেল বাজায়, জয় গিয়ে দরজা খোলো।
নেহা একপলক তাকিয়ে থাকে , এক চিলতে হাসি ফুটে উঠেওর মুখে।
"জয় দা?"
"হ্যাঁ। গো বৌদি"
বৌদি শুনেই নেহার মুখটা কালো হয়ে যায় , মনে পড়ে যায় সেই রাতের কথা যখন রাজ আর তৃষাএকে অপরকে কিস করছিল।

"বৌদি ডাকটা আর মানায় না গো জয় দা"

"কেন কি এমন হলো "

"তুমি ফিরে চলো বৌদি"
"তা যে আর হয়না গো যা ছেড়ে ফেলে এসেছি সেখানে আর যাওয়া যায়না"

"রাজ কে একবার দেখতেও যাবে না ?"
এটা শুনেই নেহার মনটা কু ডাকে , তৎক্ষণাৎ জয় এর দিকে ঘুরে বলে উঠে "কি হয়েছে রাজের?"
"তোমাকে বলেই আর কি হবে , তুমিতো যাবেই না "
নেহা এবার রেগে যায় আর রেগে বলে "হেঁয়ালি না করে বল রাজের কি হয়েছে"

"এত জলদি কিসের?, তুমি তো রাজকে ভালোই বাসোনা" জয় বেশ বিদ্রুপ করে বললো।
"তুমি বলবে কি ?" নেহা এবার চেঁচিয়ে উঠলো।
"আসিসিডেন্ট হয়েছে রাজের , শুনেছ মনে শান্তি হয়েছে, মরে যাওয়ার মতো অবস্থা বুঝেছো তুমি বুঝেই বা কি করবে , তুমি তো খুশি হবে জেনে যে রাজ প্যারালাইসিস হয়ে আছে, ওর দরকার তোমাকে কিন্তু তুমি তো যাবে না কারণ তোমার জেদ তোমার কাছে আগে রাজের জীবন নয়"

"তুমি জানো রাজ প্রায় পাগল হয়ে গিয়েছিল, তোমাকে পাগলের মতো খুঁজেছে, নিজের শরীরের দিকে খেয়াল না দিয়ে শুধু তোমাকে খুঁজেছে, প্রতি রাতে কেঁদেছে শুধু তোমাকে মনে করে, শুধু তোমার জন্যই ওর এই অবস্থা তুমি ওর জীবন টা ধ্বংস করে দিলে, হাসি খুশি ছেলেটার মুখে ২ বছর কোনো হাসিই দেখি নি

দরকার ছাড়া কথা পর্যন্ত বলতো না ও, জানো তুমি তুমি কি জানো এগুলো ?" জয় প্রচন্ড চেঁচিয়ে চেঁচিয়ে বলে উঠলো।

নেহা আর সহ্য করতে পারলো না , কানে হাত চাপা দিয়ে কাঁদতে কাঁদতে বসে পড়লো "চুপ !চুপ! থামো প্লিজ থামো আমি আর পারছি না "

" আমি ওইদিন সন্ধে বেলায় রাজকে আর তৃষাকে কিস করতে দেখেছিলাম তাই আমি আর থাকতে পারি। নি ওখানে , আমার কোনো বিয়েও হয় নি এটা আমার আর রাজের মেয়ে , আমি বুঝতে পারি নি আমার ভুল হয়ে গেছে , ক্ষমা করো আমায়" নেহা কাঁদতে কাঁদতে বললো।

"ক্ষমা চাইতে হলে রাজের কাছে চাও আমার কাছে না " জয় বললো।

ওই মেয়েটিও নেহা কে জড়িয়ে ধরলো।

নেহা আস্তে আস্তে উঠে দাঁড়ালো কান্না থামানোর চেষ্টা করতে লাগলো কিন্তু চোখের জল যেন নেহা আটকাতে পারছে না রাজএর সঙ্গে হওয়াপ্রতিটা জিনিস যেন ওর চোখের সামনে ফুটে উঠেছে।

"আ আমি যাব রাজের কাছে " নেহা কাঁপা কাঁপা গলায় বললো। এটা শুনে জয় খুব খুশি হয়ে গেল
"আমি জানতাম তুমি তোমার ভুল বুঝতে পারবে, চলো আমার সাথে"

নেহা আস্তে করে ওর মেয়েকে কোলে নিয়ে জয়ের পিছন পিছন চললো।

গাড়িতে যেতে যেতে নেহার প্রচন্ড টেনশন হতে থাকে,সময় অতিবাহিত হয় ওরা হসপিটাল এ ঢুকে।

জয় আগে যেয়ে ডাক্তারের সাথে কথা বলে এলো আসলে রাজের কন্ডিশন খুব দুর্বল তাই কোনোরকম ঝটকা ও সহ্য করতে পারবে না নিয়েই জয় কথা বলছিল।

নেহা অপেক্ষা করছিল, জয় এসে নেহা কে বলল "চলো বৌদি"

"ডক্টর কি বললো?"

"বললো রাজ কথা বলতে পারবে কিন্তু খুব কষ্ট হচ্ছে ওর , আসলে খুব ক্রিটিক্যাল কেশ ছিল "

"ওহ"

এই বলে জয় নেহা কে রাজের কেবিন এর সামনে নিয়ে দাড় করালো, "যাও ভেতরে যাও, আমি শ্রীকে নিয়ে আসি"

"শ্রী আসছে?"

"হ্যাঁ ও এই ল্যান্ড করেছে"

নেহা প্রচন্ড অস্বস্তি বোধ করতে লাগলো যে এখন ও কি বলবে রাজকে, তখন তো কোনোভাবে নিজেকে সামলে নিয়ে ছিল কিন্তু এখন, এখন কি হবে?

যায় হোক নেহা সব অস্বস্তি,খারাপ লাগে কে দূরে সরিয়ে রেখে ভিতরে প্রবেশ করলো।।

সামনে তাকিয়ে যা দেখলো তার জন্য নেহা কোনো ভাবেই প্রস্তুত ছিল না ও পুরো পুরি ভাবে হকচকিয়ে গেছে, একসিডেন্ট হয়েছে এটা জানতো কিন্তু এত বেশি খারাপ অবস্থা সেটা

জানতো না।

রাজের অবস্থা দেখে নেহার চোখে জল চলে এলো, এগিয়ে গিয়ে বলতে মন চাইলো যে তোমার কিছু হবে না সব ঠিক হয়ে যাবে, কিন্তু কোথাও একটা বাধলো।

তৎক্ষণাৎ নেহার মাথায় এলো "যদি এভাবেই চলতে থাকে তাহলে কোনোদিন ই আমাদের সম্পর্ক টা নরমাল হবে না।"

নেহার মাথা বলছে রাজের কাছে যাস না কি মুখ নিয়ে যাবি? আর নেহার মন বলছে তোর ভালোবাসার মানুষটি তোকে ঘুরিয়ে দেবে না, যে তোর জন্য এতটা পাগল হতে পারে সে তোকে কোনোদিনই ভুল বুঝবে না ও ঠিক বুঝবে তোর মনের কথাটা।

মন আর মাথার মাঝে ছোট খাটো একটা যুদ্ধর মধ্যে মনের ই জিৎ হলো।নেহা এতক্ষন লক্ষ্য করে নি যে এক জোড়া চোখ ওর দিকে তাকিয়ে আছে, এতক্ষনে খেয়াল হতে ও দেখলো যে রাজ ওর দিকে হা করে তাকিয়ে আছে, যেন ওর এখানে আসা তা রাজের কল্পনাতীত।

রাজ আস্তে আস্তে মুখ টা ঘুরিয়ে নিলো "আমার তো আর কোনো অধিকার নেই ওর উপর" রাজ মনে মনে বলে উঠলো।

নেহা মাথা নামিয়ে একটু এগিয়ে গিয়ে নিচু স্বরে কোনো রকমে বলে উঠলো "এখন কেমন আছো?"
"তুমি জেনে কি করবে?"
নেহা এবার ওর মুখ তুলে রাজের দিকে তাকালো

রাজের মুখে কষ্ট, অভিমান মেশানো একটা ভঙ্গিমা।

"চিন্তা করো না , তোমাকে ছাড়া ভালোই আছি, শুধু প্যারালাইসিস হয়ে গেছি হাটতে পারবোনা এখন আর এটাই যা, নইলে তোমাকে আমার মুখটাও দেখতে হতো না , ক্ষমা করো আমায় তোমার কথা রাখতে পারিনি"

প্রতিটা কথা নেহার বুকে যেয়ে গেথেছে, ও এখনো বিহ্বল দৃষ্টিতে তাকিয়ে আছে।চোখের জল গুলো কোনো কথাই শুনতে চাইছে না ফোঁটাফোঁটা ঝোরেই যাচ্ছে, নেহা কিছু না বলে কেবিন থেকে বেরিয়ে যায়।
রাজশ্রী এতক্ষন মুখ বাড়িয়ে সব দেখছিল ও আস্তে করে ভেতরে এসে রাজের কাছে যেয়ে বললো "তুমি মাম্মাম কে বকলে কেল?"
রাজ রাজশ্রী র উপর রাগ করতে পারে না ।

"এদিকে এসো।"রাজ হালকা হেসে রাজশ্রী কে ডাকলো।
রাজশ্রী গুটু গুটি পায়ে রাজের কাছে যেতেই রাজ ওকে ধরে ফেলল আর বললো "এখানে একটু হাম দাও" নিজের গালে ইসারা করে।
ঠিক সেই সময় জয় আর শ্রী কেবিনে প্রবেশ করলো

"বাহ বাপ বেটি তে দারুন মজা হচ্ছে তো" ।

রাজ এতক্ষন রাজশ্রীর সাথে খেলছিল হঠাৎ জয়ের কোথায় ও থমকে গেল, একবার ঘুরে জয়ের দিকে তাকালো," কি-- কি বললি তুই?" রাজ কাঁপা কাঁপা স্বরে বলে উঠল।

" হ্যাঁ রে রাজশ্রী তোর ই মেয়ে" জয় হালকা হেসে বললো ।

"তুই সত্যি বলছিস, দেখ এসব নিয়ে একদম মজা করবিনা"
উৎসুক স্বরে বলে উঠলো।

" নারে আমি সত্যি বলছি"
রাজ প্রায় আনন্দে লাফিয়ে উঠতে যাচ্ছিল, কিন্তু ব্যথায় কুঁকড়ে
গেল।
তবুও রাজ উঠলো, বেশ জোর দিয়ে উঠলো, রাজশ্রী তখন শ্রী
এর কাছে গিয়ে ছিল , রাজ হাটতে পারছে না তবু কাঁপা পায়ে
উঠে দাঁড়ালো, জয় ছুটে এগিয়ে যেতে গেলে রাজ হাত দেখিয়ে
দাড় করিয়ে দেয় ।

রাজ হাটতে যেয়ে পড়ে যায় , ব্যথায় কুঁকড়ে উঠে জয় লক্ষ্য
করে রাজের ডান কোমরের কাছটা লাল হয়ে উঠছে " রাজ
কোমর টা" জয় বলে কিন্তু ততক্ষণে রাজ হাতে করে ঘষে ঘষে
এগিয়ে গেছে রাজশ্রীর কাছে ।

কাছে গিয়ে হাত টা বাড়িয়ে দেয় রাজশ্রীর দিকে
ছোট রাজশ্রী কি বুঝে কে জানে ও রাজের হাত টা ধরে মাটিতে
বসে পড়ে।

আস্তে আস্তে রাজের কোমর টা পুরোটা লাল হয়ে উঠলো,
জামাটা লাল হতে শুরু করলো ।

জয় দেরি না করে ছুটে বেরিয়ে গেল ডাক্তার ডাকতে,
রাজের প্রচন্ড কষ্ট হতে লাগলো, কিন্তু রাজশ্রী যে ওর মেয়ে এটা

জানার পর যে আনন্দ হচ্ছে ওতে এই কষ্ট টা চাপা পড়ে যাচ্ছে।

রাজ রাজশ্রীর মুখটা ধরে অজস্র ভালোবাসা দিতে থাকে দিয়ে বুকে জড়িয়ে ধরে , আস্তে আস্তে রাজ চোখে কালো দেখতে শুরু করে রাজ পড়ে যাওয়ার আগে রাজশ্রী কে কোল থেকে নামিয়ে দেয়।

রাজ এতক্ষন মেঝেতে বসে ছিল এখন আস্তে আস্তে লুটিয়ে পড়তে গেলেই শ্রী এসে মাথাটা ধরে নেই।

ডক্টর রা দেখে বলে বিশ্রী ভাবে কোমরের সেলাই টা কেটে গেছে।

ঘন্টা দুয়েক পর রাজ এর জ্ঞান ফিরে আসে,চোখ খুলে দেখে জয়,নেহা,শ্রী,রাজশ্রী সবাই বসে আছে

"কি ব্যাপার তোরা এভাবে বসে আছিস কেন" রাজ বলে। আরে শ্রী কখন এলি ?"

"আমি তো অনেক আগেই এসেছি তুই তো তোর মেয়ের সাথে ব্যস্ত ছিলি" শ্রী হেসে উত্তর দেয়।

" হ্যাঁ রে খুব আনন্দ হচ্ছিল তখন" রাজ বলে।

" সে তো দেখতেই পেলাম , এত আনন্দ যে কাঁচা সেলাই টার কথা মাথায় থাকে নি তোর" জয় বলে।

এভাবে আস্তে আস্তে সবাই রাজের সাথে গল্প করতে থাকে..।

সবাই গল্প করছিল তখন নেহা উঁকি দিয়ে দেখছিল,সেটা কেউ লক্ষ্য করুক না করুক রাজ ঠিক ই করেছে।
"সবাই কত সুন্দর আছে,আমি যত সমস্যার জড়, আমি চলে গেলে সব ঠিক থাকবে, যা রাজশ্রী তবু ওর বাবাকে পেলো" নেহা নিজের মনে মনে বলে হেসে উঠলো আবার চোখ দিয়ে জল গড়িয়ে পড়ল।

নেহা আরো একবার উঁকি পেড়ে চোখের জল টা মুছে বাইরের দিকে যাওয়ার জন্য পা বাড়ায়, তখনই কেউ নেহার হাত টেনে ধরে , আর সেটা কে দেখার জন্য পিছনে ঘুরতেই নেহা দেখতে পাই রাজ হুইল চেয়ারে বসে ওর হাত টা ধরে আছে।

"আবার একই কাজ করতে যাচ্ছিলে!" রাজ বেশ আবেগী কণ্ঠে বলে উঠে।
নেহা রাজের দিকে একবার স্থির চোখে তাকিয়ে থেকে আর পারে না রাজের সামনে হাঁটু গেড়ে বসে পড়ে, আর অঝোরে কাঁদতে লাগে, কাঁদতে কাঁদতে চোখ লাল করে ফেলে।

রাজ নেহাকে আটকাচ্ছে না ও চাইছে নেহা কাঁদুক কেঁদে কেঁদে ওর মনটা হালকা হয়ে যাক,নইলে যে ওর বুকের পাথর টা সরবে না।

নেহার কান্না বন্ধ হলেও নেহা এখনো সামলে উঠতে পারেনি । ও কেটে কেটে বলতে লাগে " বিশ্বাস করো রাজ তোমাকে ছাড়া আমি এক মুহূর্তও ভালো ছিলাম না , প্রচন্ড কষ্ট হতো মনে হতো ফিরে চলে যায় তোমার কাছে কিন্তু যখনই ওই দিনের কথা মনে পড়তো তখন মনটা বিতৃষ্ণায় ভরে যেত তোমাকে খুব বাজে

মনে হতো, কিন্তু এখন আমি সত্যি টা জেনেছি"

" তুমি তো একবার বলতে পারতে, কেন চলে গেলে না বলে? তুমি
জানো না আমি কতটা কষ্টে ছিলাম ।"
রাজ নেহাকে বেশ জোর দিয়ে বললো।

" আমি... আমি ... তোমাকে বলছি" নেহা কেটে কেটে বলে ।

রাজ নেহাকে আস্তে করে নিজের বুকে জড়িয়ে ধরে
" আর কিচ্ছু বলতে হবে না, আমি চলে এসেছি আর কাউকে কষ্ট
পেতে দেব না, না তোমাকে না রাজশ্রী কে" রাজ হাঁসি মুখে বলে।

"কিন্তু আমার জন্যই তোমার এমন অবস্থা" নেহা বেশ দুঃখের
সঙ্গে বললো।

"আরে এগুলো কিছু না এগুলো তো এমনিই ঠিক হয়ে যাবে ,
তুমি চিন্তা করো না।" রাজ নেহাকে আশ্বাস দেয়।

নেহার হাসি মুখে চোখের জল টা মুছে নেয়,
"বাহ এই তো মিল হয়ে গেল , এবার আমি খুশি " জয় বেশ ভাব
দেখিয়ে বলে।

"আর আমরাও" রাজশ্রী আর শ্রী বলে।

রাজশ্রী এগিয়ে গিয়ে রাজের হাত ধরে বলে " বাবাই"
এটা শুনার পর রাজ অবাক চোখে রাজশ্রীর দিকে তাকাই,
তারপর শ্রী আর জয়ের দিকে তাকাই।

রাজ প্রচন্ড খুশি হয়ে রাজশ্রীর গালে একটা হাম দিয়ে দেই, রাজশ্রী খিলখিলিয়ে হেসে উঠে।

হঠাৎ কথা বলতে বলতে রাজের বুকে ব্যথা শুরু হয়
"জ্..য়" রাজ কেটে কেটে বলে।
জয় এগিয়ে এসে দেখে রাজ অজ্ঞান হয়ে গেছে, জয় ছুটে ডক্টর কে ডেকে আনে।

ডক্টর রাজ কে দেখে, তাড়াতাড়ি কেবিন এ শিফট করে।
আধ ঘণ্টাপর ডক্টর বের হয়ে এলেন, বাইরে জয় শ্রী সহ বিশ্বনাথ বাবু, সুলেখা দেবীও উপস্থিত ছিলেন।

"মিস্টার জয়,একটু এদিকে আসবেন"
জয় ডক্টর এর কাছে গিয়ে বলল "হ্যাঁ বলুন ডক্টর,কি অবস্থা রাজের?"
"আমি আপনাদেরকে আগেই বলেছি ওনাকে মেন্টাল স্ট্রেস দেবেন না ওনার জন্য যেমন খুব দুঃখও ক্ষতিকারক তেমন খুব আনন্দ টাও ক্ষতিকারক"
"ওকে ডক্টর, কিন্তু রাজের হয়েছিল টা কি?"
" মাইনর হার্ট ফেইলিওর"
"কিহ?"
" হ্যাঁ তাই সাবধান!"

এই বলে ডক্টর চলে গেলেন , জয় একবার সবার দিকে তাকিয়ে একটা দীর্ঘশ্বাস ছেড়ে কেবিনের কাঁচের বাইরে থেকে রাজকে দেখে নিলো।

"কি বললো ডক্টর?" বিশ্বনাথ বাবু উঠে দাঁড়িয়ে বললেন।
" হ্যাঁ হঠাৎ করে কি যে হলো!"
"ও কিছু না, মাথা ঘুরে গেছিলো।"

জয় প্রসঙ্গ টা এড়িয়ে গেল , নইলে সবার টেনশন বেড়ে যাবে।
নেহা চুপ চাপ হাত দিয়ে মুখ ঢেকে বসে আছে।
মনে মনে নিজেকে দোষ দিচ্ছে যে যদি ও রাজকে ঘুরিয়ে না
দিত তাহলে রাজের আজ কিচ্ছু হতো না।

হঠাৎ নেহা নিজের কাঁধে কারোর স্পর্শ পেয়ে ঘুরে তাকালো,
দেখলো সুলেখা দেবী ওর কাঁধে হাত দিয়ে দাঁড়িয়ে আছেন। তিনি
নিজের মাথা নেড়ে আশ্বাস দিলেন যে রাজের কিছু হবে না।

"তোমরা আমাকে ক্ষমা করে দিয়েছো?"
" মা কি তার ছেলে মেয়েদের উপর রাগ করে থাকতেপারে।"
সুলেখা দেবী হাঁসি মুখে বললেন।

শ্রী এসে নেহার পাশে বসলো " তোমাকে দেখে আমার প্রচন্ড
রাগ হচ্ছে , তোমার বোকামির জন্য।
কিন্তু তুমি তোমার ভুল টা বুঝতে পেরেছো সেটা দেখে খুশি
হলাম" শ্রী কঠোর ভাবে বললো।

"তাহলে এখন তুমি আমার উপর রাগ না নরমাল?"
" না এখন হালকা রাগ আছে"

"ঠিক ই তো , ভুলটাতো আমারই ছিল" নেহা আনমনে বলে
উঠে।

এদিকে ....

জয় গাড়ি নিয়ে বেরিয়ে গেছে কার্ডিয়াক স্পেশালিস্ট এর কাছে রাজের জন্য কিছু পরামর্শ করতে,জয় গাড়িটা দাঁড় করিয়ে ভেতরে ঢুকে গেলো।

অপরদিকে ....

রাজের হালকা হালকা জ্ঞান আসে , ও স্পষ্ট বুকের ব্যথা তা অনুভব করতে পারছে, তবে এটা ঠিক ব্যথা না এটা পেইনকিলার এর অসাড়তা।

মাথা টাও বেশ ভারী ভারী লাগছে , "নেহা,শ্রী ,রাজশ্রী জয় কোথায় সব কে জানে"

তখনই সুলেখা দেবী কেবিনে উঁকি দিচ্ছিলেন,রাজ কে বসার চেষ্টা করতে দেখে ছুটে ভেতরে চলে আসে।

রাজ ঠিক দেখতে পাই না কে এলো, কিন্তু ও অনুভব করতে পারলো যে এটা ওর মা।

"মা"
" এই তুই বুঝে গেলি কি করে?"
"এটাতো ঈশ্বর প্রদত্ত শক্তি" রাজ বেশ হেঁসে বলে।
"আচ্ছা তুই বিশ্রাম নে আমি ওদিকে দেখে আসি" সুলেখা দেবী বেরিয়ে গেলেন।

নেহা আস্তে করে ভিতরে এলো,রাজের কাছে গিয়ে পাশে বসলো।

"এখন শরীর কেমন লাগছে?" নেহা শান্ত গলায় জিজ্ঞেস করলো।

রাজ চোখে এখনো স্পষ্ট দেখতে পাচ্ছে না " একদম ফিট এন্ড ফাইন" রাজ হাঁসার চেষ্টা করে।

"হুম তা তো দেখতেই পাচ্ছি" নেহা রাগ দেখিয়ে বলল

জয় কার্ডিও স্পেশালিস্ট এর কাছ থেকে ফিরে এসে দেখে জয় এর মা বাবা আর জয়ের ছেলে রিমন ও এসেছে, জয় ছুটে গেল রিমন এর কাছে হাঁটু গেড়ে ওর সামনে বসে রিমন কে বুকে জড়িয়ে নিলো।

রিমন ও অনেক দিন পরে বাবাকে পেয়ে খুব খুশি।
জয় ওর বাবা মায়ের সাথে কথা বলে রাজের কেবিনের দিকে এগিয়ে গেলো।

এদিকে রিমন আড় চোখে রাজশ্রী কে দেখছে, ওর রাজশ্রীর সুন্দর চোখ দুটি খুব পছন্দ হয়।
রিমন একটু স্টাইলে রাজশ্রীর সামনে গিয়ে বলে "এই পেঁচি তোর নাম কি?"

রাজশ্রী পিছন ঘুরে দেখে , একটা ছেলে হাফপ্যান্ট আর হাফ টিশার্ট পরে দাঁড়িয়ে আছে।
তারপর ওর ঠাকুমার দিকে ঘুরে বলে "ঠাম্মাম এই ছেলেটা আমায় পেতি বলতে।"

রিমন নাক সিটকে রাজশ্রীর চুল টা ধরে একটু টেনে দেয়। বাস রাজশ্রীর রাগ চড়ে গেল রিমনের গায়ে দুম-দাম দুটো দিয়ে কেঁদে দিলো।

এদিকে জয় রাজ আর নেহার কাছে ছিল, রাজশ্রীর কান্না শুনে বাইরে এসে ওকে জিজ্ঞেস করে " কে মারলো তোমায় মা?"

রাজশ্রী শয়তানি লুক নিয়ে রিমনের দিকে আঙ্গুল বাড়িয়ে দিল। জয় রিমনের কানটা মলে দিয়ে বললো " একদম রাজশ্রী কে বিরক্ত করবি না "

জয় যেতেই রিমন কানে হাত দিয়ে একটু ঘষে নিয়ে মনে মনে বললো " এই মেয়েটা তো খুব ডেঞ্জারাস, তবে আমিও রিমন আমিও দেখিয়ে দেব ওকে"

টেরা চোখে রাজশ্রী রিমনের দিকে তাকিয়ে রইলো, আর মুখ ঝামটা দিয়ে মুখটা ঘুরিয়ে নিলো।

রিমন ভাবলো "কি মেয়ের বাবা "
"আমার সঙ্গে লাগতে আসা, আমাকে পেঁচি বলা হুহ"
রাজশ্রী নিজের মনে মনে ভাবল।

এদিকে জয়ের বাবা মা রাজের সাথে দেখা করে এলেন। জয় ডক্টর এর সাথে কথা বলতে গেল রাজকে রাজকে ইন্ডিয়া ব্যাক নিয়ে যাওয়ার ব্যাপারে কথা বলতে।
জয় ডাক্তারের সাথে কথা বলে ফিরে এসে দেখলো ,

সবাই রাজের সাথে গল্প করছে, রাজশ্রী আর রিমন একে অপরকে মারতেই ব্যস্ত।

জয় এগিয়ে এলো, এসে শ্রী এর কব্জি টা ধরে মৃদু টান দিয়ে বাইরে নিয়ে এলো।

"আরে আজব তো এভাবে টেনে আনলে কেন?" শ্রী বিরক্ত হয়ে বললো।

"তোমার সাথে কিছু কথা আছে" জয় খুব আলতো ভাবে শ্রী এর হাতের তালু টা ধরে বলল।

"আমি কোনো কথা শুনতে চাই না জয়, যখন বলার ছিল তখন বলো নি এখন বলে কি হবে?" শ্রী বেশ তাচ্ছিল্যের সুরে বললো।

" তখন ভুল করেছি, তাই এখন শুধরাতে চাইছি যাতে আমাদের বাকি জীবন টা আনন্দের হয়, আমাদের সন্তান আর মা বাবাদের জীবন টাও শান্তির হয়।"

"কি বলতে চাইছ তুমি?" শ্রী খুব ঠান্ডা শান্ত স্বরে প্রশ্ন করে।

" আমি শুধু এটুকুই বলতে চাইছি যে ফিরে এসো আমার জীবনে, তুমি ছাড়া আমি আমার আমি টাকে খুঁজে পাইনা, তুমি ছাড়া আমি অসম্পূর্ণ আমাদের ফ্যামিলি অসম্পূর্ণ" জয় একটা দীর্ঘশ্বাস সহিত বললো।

শ্রী কিছুক্ষন চুপ চাপ দাঁড়িয়ে রইলো, এবং মনে মনে ঠিক করলো ," একটা ছোট জিনিসের জন্য সারাটা জীবন সাফার করা ঠিক হবে না।"

জয় এতক্ষন মাথা নুইয়ে চুপ চাপ দাঁড়িয়ে ছিল একবার মাথা তুলে দেখলো , শ্রী দুহাত বাড়িয়ে ওকে কাছে আসার আমন্ত্রণ দিচ্ছে।

এক মূহুর্ত দেরি না করে জয় শ্রী কে জাপটিয়ে ধরলো। এ ধরা

যাতা ধরা নয় এ একদম জন্ম জন্মান্তরের ধরা।
এতদিন শ্রী আর জয় দুজনের মনেই একটা অপরাধবোধ ছিল তবে আজ এই আলিঙ্গন ওদের সমস্ত অপরাধবোধ ধুয়ে মুছে পরিষ্কার করে দিলো।

এতক্ষন ধরে জয় এবং রাজের মা বাবা এটা দেখছিলেন, ওরা খুশি যে জয় আর শ্রী নিজেদের সমস্ত ভুল বোঝা বুঝি মিটিয়ে নিয়েছে, জয়ের মা বাবা শ্রী কে আশীর্বাদ করেন।

হঠাৎ ওদের মাঝে রাজশ্রী রিমন কে তাড়া করে নিয়ে আসে,আবার একই ভাবে চলেও যায়।
বাকিরা শুধু হাঁসে, ভিতরে রাজ আর নেহা গল্প করছিলো তখনই জয় আর শ্রী একে অপরকে জড়িয়ে ধরে ওদের কাছে এসে রাজের দিকে তাকায়,রাজ তো পুরোই অবাক হয়ে যায় ,আশ্চর্যের সপ্তম স্থানে পৌঁছে রাজ জয় আর শ্রী কে জিজ্ঞেস করে " তোরা এক সাথে কি ব্যাপার?"।
জয় আর শ্রী একে অপরের দিকে তাকিয়ে একবার একটা মুচকি হাঁসি দিয়ে রাজের দিকে তাকিয়ে বলে" সব কিছু ঠিক হয়ে গেছে আমাদের মধ্যে"
রাজ এটা শুনে তো মারাত্মক খুশি,এই কষ্ট নিয়েও ওর প্রচন্ড আনন্দ অনুভব করতে থাকলো।

এই ভাবেই ওরা কিছুক্ষণ গল্প করে বিকেলের দিকে জয় ওর বাবা মা কে নিয়ে নেহার বাড়ি রওনা দেয় যদিও নেহা সঙ্গে গিয়েছিল ওদের কে পৌঁছে দিতে, কিন্তু খুব তাড়াতাড়ি ফিরে চলেও আসে।

হসপিটাল ঢুকতেই নার্স নেহা কে বলে দেয় যে রাজ ঘুমিয়ে আছে ওকে বিরক্ত না করতে।তাই কথামতো নেহা রাজ কে বিরক্ত না করে বাইরে বসে।

অনেক্ষন ধরে অপেক্ষা করছে রিমন হস্পিটাল যাওয়ার জন্য, কারণ একটাই ওখানে গেলে ও রাজশ্রী কে পাবে, আর এদিকে রাজশ্রী ও মনমরা হয়ে বসে আছে, ওকে দেখে নেহা ভাবে রিমনের সঙ্গে থাকলে মেয়েটা কি আনন্দ করে অথচ ঝগড়াও করে, আবার রিমন না থাকলে ঝগড়া হয় না কিন্তু মন মরা হয়ে বসে থাকে।

এদিকে ------

রিমন জয় কে শুধুই খেচাচ্ছে " বাবা চলো না,ও বাবা চলো না "
" আরে যাবো রে যাবো ,তোর মায়ের হোক" জয় ফোনের স্ক্রিনে চোখ রেখে বলে।
এবার রিমন ওর মায়ের কাছে গিয়ে বলে " ও মা তোমার হলো?কি গো মা?" এগুলো বলে বলে শ্রী কে একদম বিরক্ত করে দেয় ।
জয় এবং শ্রী ও বুঝতে পারে রিমনের মনের ব্যাপার, যতই হোক তারা তো মা বাবা।রিমনের কাকুতিমিনতি করার ফলে,প্রায় বাধ্য হয়েই জয় আর শ্রী কে তাড়াতাড়ি হসপিটালের উদ্দেশ্যে রওনা হতে হয়।
হসপিটাল পৌঁছে জয় আর শ্রী রাজ,নেহার কাছ থেকে জানতে পারে,শুধু রিমন নয় রাজশ্রীর ও একই অবস্থা,দুজনেই এক গুয়ালের গরু।

"এই পেঁচি,শোন!" রিমন রাজশ্রীর বিনুনি করা চুলটা টেনে বলে।

চুল টানার কারণে রাজশ্রী খুব রেগে যায়, দাঁত মুখ খিঁটে তেড়ে গিয়ে ঘুসি পাকিয়ে রিমন কে বলে "এই তুমি কথায় কথায় চুলে হাত দাও কেন , এবার করলে দাঁত মুখ ভেঙে দেব একেবারে" ।

"বাবা এইটুকু মেয়েটা আবার রাগ ও করে দেখছি,কি ঢং মাইরি" রিমন মুখ বেঁকিয়ে বলে।
রাজশ্রী রেগে মেগে,মুখ লাল করে ওখান থেকে চলে যায়,আর রিমন দাঁত খিঁটিয়ে হাসতে থাকে।

এদিকে,জয় আর শ্রী রাজ আর নেহার সাথে গল্প করছিল, ওখানে রাজশ্রী দৌড়ে এসে শ্রী এর কোলে উঠে বসে হঠাৎ এমন করাই শ্রী রাজশ্রী কে জিজ্ঞেস করে "কি হলো মা?,এভাবে উঠে পড়লি যে?"
"এমনি গো মামনি" রাজশ্রী হাসি মুখে বললো।

এমন সময় রাজের বাবা মা ভেতরে এলেন, "আরে তোমরা কখন এলে আঙ্কেল?" জয় ওদের দিকে ঘুরে জিজ্ঞেস করে।
"এই তো মাত্রই,ভাবলাম একটু দেখা করে আসি" বিশ্বনাথ বাবু হেসে বললেন।
"যাক ভালোই করলেন" শ্রী বললো।

এমন সময় ডক্টর ভেতরে এলেন,"মিস্টার রাজ,এখন কেমন ফিল করছেন?"
"মাচ বেটার" রাজ একগাল হেঁসে জবাব দেয়।

আসলে রাজের উন্নতি তা দেখার মতো,এই কদিনে রাজের শরীরে প্রচুর উন্নতি হয়েছে,যেটুকু ওয়েট লস হয়ে ছিল সেটা

প্রায় মেকআপ হয়ে গেছে,শরীরের ক্র্যাকড মাসল
গুলো,রিপেয়ার হতে শুরু হয়েছে।
তবে রাজের মনে হয় আপনজনদের মাঝে আছে বলেই এতটা
উন্নতি।

"আমার কোম্পানির খবর কি জয়?" রাজ জয় কে জিজ্ঞেস
করে।
"ঠিক ই চলছে বললে ভুল হবে,দুর্দান্ত চলছে তবে তুই জলদি
ফিরে যাই দোস্ত,তোকে ছাড়া ঠিক মাপ খাচ্ছে না" জয় রাজের
হাত টা ধরে বলল।
"ফিরে তো আমায় আসতেই হবে রে বন্ধু" রাজ হেঁসে জয় কে
বলল।
"তুই কি ইন্ডিয়া যেতে চাসএখন?"বিশ্বনাথ বাবু রাজ কে জিজ্ঞেস
করলেন।
"অবশ্যই,তোমরা ব্যবস্থা করো, আমি এখন যেতে পারবো"

জয় বাইরে বেরিয়ে এলো,এসে এদিক ওদিক তাকিয়ে একটা নার্স
কে জিজ্ঞেস করলো "ডক্টর বাবু কোথায়?ওনার সঙ্গে একটু কথা
আছে"
"উনি তো একটা ওটি তে আছেন,বের হলেই বলে দেব যে
আপনি খুঁচ্ছিলেন,আপনার নাম টা কি?"
"জয়, মনে করে বলে দেবেন হ্যাঁ"
"অবশ্যই" নার্স টি হেঁসে উত্তর দিলো।নার্সটি ডক্টর বাবুর কাছে
গিয়ে বলে দিল যে, মিস্টার জয় ওনার সঙ্গে দেখা করতে চান।
ওটি থেকে বেরিয়ে ডক্টর বাবু জয়ের সঙ্গে দেখা করে রাজের

ব্যাপারে সমস্ত কথা বলে নিলেন।
তিনি বললেন "রাজকে দুয়েক দিনের মধ্যেই ডিসচার্জ করে
দেওয়া হবে।"

ডাক্তারের কেবিন থেকে বেরিয়ে জয় হাঁসি মুখে রাজের রুমের
দিকে এগিয়ে যায়।
রুমে ঢুকতেই নেহা জয় কে জিজ্ঞেস করে যে রাজকে কবে
নিয়ে যাওয়া যাবে।
জয় বলে "আমি টিকিট বুক করছি,কাল বা পরশু নিয়ে যাওয়া
যাবে।"
নেহার মুখটা উজ্জ্বল হয়ে উঠে , অনেক দিন পর সেই সব কিছু
ফিরে পাওয়ার আশা।
রাজকে বলাতে,রাজও খুব খুশি।রাজশ্রী রাজের কাছে গিয়ে
বলল "পাপাই আমরা খুব তাড়াতাড়ি বাড়ি ফিরে যাব"

"আচ্ছা, কে বলল তোমার বাড়ি কোথায়?" রাজ ভ্রু নাচিয়ে
জিজ্ঞেস করলো।

"আরে ওটা তো মা বলেছে" রাজশ্রী মাথা নাড়িয়ে বললো।

"ওহ আচ্ছা!" রাজ রাজশ্রীর গেল টা টেনে দিয়ে বললো।
"হুম"
জয় ফ্লাইটের টাইম টা চেক করে দেখল,বিকেল ৫ তার টাইম ।
সেটা গিয়ে রাজ আর নেহাকে জানিয়ে দিল,

"টাইম টা ঠিক ই আছে" নেহা রাজের দিকে ঘুরে বললো।

"হ্যাঁ হ্যাঁ আমার প্রবলেম নেই" রাজ নেহার প্রত্যুত্তরে বললো।

"তাহলে তো সব ঠিকই আছে,বুক করে দি কি বলো?" জয় বাইরে এসে শ্রী কে বলল।

"আমি কিকরে জানবো কটাই টাইম,তুমি কিছু বললে কি?" শ্রী মুখ টা বেঁকিয়ে বললো।

"ওহ!আমি তো ভুলেই গিয়েছিলাম, বিকেল ৫ টাই টাইম" জয় মাথা চুলকিয়ে বললো।

"হুম ঠিক আছে আমার সমস্যা নেই?" শ্রী মাথা ঝাকিয়ে বললো।

রাজের বাবা মা ও জানালেন তাদের ও কোনো আপত্তি নেই।

পরের দিন ---------

নেহা রাজের সব প্যাক করে নিয়ে এসেছে, একটু পরেই ওরা বেরোবে তাই ওরা সবাই হসপিটালে এসেছে একেবারে রাজ কে নিয়ে বেরিয়ে পড়বে।

এয়ারপোর্টে -----
রাজ হুইল চেয়ারে বসে আছে,একটু পরেই ফ্লাইট।
তাই ওরা ওয়েটিং এ আছে, নেহার পাশে রাজ হুইল চেয়ারে বসে আছে। নেহার মন টা বেশ খুশি খুশি, অনেক দিন পরে ফের ইন্ডিয়া যাচ্ছে, যতই হোক নিজের দেশ একটা আলাদা ইমোশন থাকে, আর সেই ইমোশন টাই নেহার মনে কাজ করছে।

"কি ভাবছো?" রাজ নেহাকে জিজ্ঞেস করলো।
নেহা রাজের বাহুতে হালকা চাপ দিয়ে বললো " কি আর ভাববো পুরোনো দিনের কথা গুলো ভাবছি, মনে পড়ে যাচ্ছে সব কিছু"

"ভালো গুলো মনে করো, খারাপ গুলো মনে ধরে রাখার কোনো দরকার নেই, জানো নেহা মানুষের জীবন টা অনেক টা রাস্তার মতো , কোথাও সমতল যেখানে তোমার জীবনটা খুব স্মুথলি চলে আবার কোনো কোনো জায়গায় গর্ত, খানা খন্দ, কোথায় জমা জল যেগুলো তোমাকে প্রবলেমে ফেলবে কিন্তু বাড়ি গিয়ে তুমিতো আবার সব কিছু যেমন ধুয়ে ফেলে দাও, সেরকমই জীবনের খারাপ স্মৃতি গুলোকেও ঝেড়ে ফেলে দেওয়া উচিত, বুঝলে?"

"হুম" নেহার মন টা আরো ভালো হয়ে গেল, এই একটা মানুষের সাথে থাকলে নেহার সমস্ত দুশ্চিন্তা মাথা থেকে বেরিয়ে যায়, আর অজস্র ভালোলাগায় মনটা ভরে যায়"

"কি ভাবছো আবার?" রাজ নেহাকে দেখে বলে।
"কিছু না এমনি" নেহা মুচকি হেঁসে উত্তর দেয়।
আর রাজের হাত টা ভালো করে ধরে।ইন্ডিয়া------

রাজ,নেহা এবং সকলে নিজের বাড়ির সামনে দাঁড়িয়ে, জয় আর শ্রী বাড়ি চলে গেছে আর সাথে রিমন আর রাজশ্রী ও গেছে।

শ্রী এর মত, রাজ আর নেহা যদি একসঙ্গে কিছুটা সময় নিজের বাড়িতে কাটায় তাহলে ওদের মন টা ফ্রেশ হয়ে যাবে, অগত্যা রাজ আর নেহা একা,যদিও ওদের মা বাবা সাথেই আছে,তবুও।

বাড়ির মুখেই নেহা খানিকটা বিহ্বল চোখে বাড়িটার দিকে তাকিয়ে রইলো,কোথায় সেই পুরোনো বাড়ি?,কোথায় সেই গাছ গুলো?
সবই পাল্টে গেছে,আর নেহা সেটা খুব ভালো ভাবে টের পেয়েছে।

"কি এত ভাবছো?সব পাল্টে গেছে তাই না?" রাজ মুখ তুলে এক গাল হেসে জিজ্ঞেস করলো।

"হ্যাঁ, একটু একটু অন্যরকম লাগছে" নেহা একই ভাবে বললো।

"আর সেটা কি?" রাজ নেহার দিকে উৎসুক দৃষ্টিতে তাকিয়ে রইলো।

"পুরাটাই, পুরোটাই পাল্টানো" নেহা মাথাটা হালকা ঝাকিয়ে বললো।

নেহার কথা শেষ হওয়ার সাথে সাথে দমতক হাসির শব্দ নেহার কানে যায়, আর সাথে সাথে নেহা ঘুরে তাকাই। নেহার সুন্দর মুখশ্রী টা পাল্টে উদ্ভট একটা আকৃতি ধারণ করে, তা দেখে রাজ আরো জোরে হাসতে থাকে, হাসতে হাসতে পেট ফেটে যাওয়ার অবস্থা।

"এত হাঁসির হলো টা কি?" নেহা প্রচন্ড বিরক্ত হয়ে জিজ্ঞেস করলো।

রাজের শ্বাস নিতেও কষ্ট হচ্ছে, তবু অনেক কষ্টে হাঁপিয়ে হাঁপিয়ে বলে ওঠে " ওমাগো আমার পেট ফেটে গেল গো, পুরোটাই পাল্টেছে এটা বলার জন্য এত আদিখ্যেতা" এটুকু বলেই রাজ আবার হাসিতে ফেটে পড়ে, আর তা দেখে নেহার রাগ সপ্তমে চড়ে যায়, তেড়ে ফুঁড়ে রাজের সামনে ঝুকে বলে

" এই তুমি চুপ করবে, নাকি নাক টা ফাটিয়ে দেব মেরে?"

রাজ আস্তে করে নেহার গালে আলতো কামড় দেয়, হঠাৎ এমন করাতে নেহা বেশ ঘাবড়ে যায় এবং বুঝতে পারে যে কথা বলতে বলতে ও একদম রাজের মুখের সামনে ছিল।

নেহা সরে যাওয়ার সাথে সাথে রাজ নাক কুঁচকে বলে উঠে " ধুস, পুরো মুড টাই নষ্ট করে দিলে, যা সালা কপালে রোমান্সের 'রো' টুকুও নেই, ফাটা কপাল হলে যা হয়"

"আহা শখ কত, বাড়ির ভিতরে চলো অনেক্ষন বাইরে আছি" নেহা রাজের হুইল চেয়ার এর হাতলে হাত দিয়ে বলে।

" কি বললে, বাড়িতে গিয়ে আহা কি আনন্দ আকাশে বাতাসে" রাজ বাচ্চাদের মতো বলে ওঠে।

"এই এই কি বললে?" নেহা রেগে সামনের দিকে ঝুঁকে কথাটা বলে।

"কি আবার! তুমিই তো বললে বাড়ির ভিতরে চলো"
রাজ দাঁত বের করে ভ্রু নাচিয়ে বলে।

"সব কথা উল্টা মিনিং করাটা কি খুব জরুরি?" নেহা ভাবলেশ হীন ভাবে বলে।

"উল্টো মিনিং না তো, এটা তো রোমান্টিক মিনিং" রাজ বাচ্চা দের মতো করে বলে।

নেহা রাজের মুখের ভঙ্গিমা দেখে হেঁসে উঠে, "আচ্ছা তাই না হয় হলো"
এই বলে ওরা দুজন বাড়িতে প্রবেশ করে।দীর্ঘ্য ৫ বছর পর -------------

রাজশ্রীর বাচ্চামো,নেহার ভালোবাসা আর খুনসুটি, জয়ের শুভ্র বন্ধুত্ব, শ্রী এর বকুনি সব মিলিয়ে রাজ এখন অনেক টাই সুস্থ্য, আর হ্যাঁ এর মধ্যে রাজের কামব্যাক করার অদম্য ইচ্ছাটাও আছে।

সুস্থ্য বলতে রাজি এখন জিম করে তবে খুব লাইটলি, কারণ এখনো কিছু কিছু সমস্যা রয়েছে যেমন ওর বুকে খুব চাপ দেওয়া চলে না, পেশি গুলো জুড়েছে তবে এখনো দুর্বল, তাই বলে রাজ থেমে নেই নিজের পুরোনো ফিগার প্রায় পুরোটাই আয়ত্তে এনে ফেলেছে।

রাজ জিম থেকে বাড়ি ফেরার পথে, দেখলো রাস্তার ধারে একটা আইসক্রিম স্টল আছে, রাজশ্রীর জন্যে একটা আর একটা

নেহার জন্য নিয়ে নিল, কারণ রাজ জানে নেহা এখনও আইস ক্রিম খেতে মারাত্মক পছন্দ করে।

বাড়িতে ------------

"তুই দাঁড়াবি? " নেহা একটা বাচ্চা মেয়ের পেছনে ছুটছিলো, হাঁপিয়ে গিয়ে রেগে বলে উঠলো।

"উঁহু, তুমি ধরে দেখাও" একটা বাচ্চা মেয়ে সোফার পেছন থেকে মুখ বাড়িয়ে বললো।

"যা ভালো বুঝিস কর, আমি আর পারবো না" নেহা আর কিছু না বলে বাটি হাতে উল্টা দিকে ঘুরে পা চালানো শুরু করলো।

আর তখনই মেয়েটি সোফার পেছন থেকে বেরিয়ে, দৌড়ে নেহার কোমর জড়িয়ে ধরলো "মাম্মাম, তুমি খাইয়ে দাও" [ঠিক ধরেছেন এটা রাজশ্রী]

" না আমি পারবোনা, তুই আমাকে দৌড়ে,ঝাঁপিয়ে হাঁপিয়ে দিলি" নেহা মিছে রাগের সুরে বললো।

" আই এম সরি,মাম্মাম" রাজশ্রী নেহাকে জড়িয়ে ধরেই রইলো।

এবার নেহা পিছন ফিরে বললো " থাক আর তেল মারতে হবে না আই খেয়ে না"

"মা, তুমি আমার হাতে তেল কোথায় দেখলে বলো তো?" রাজশ্রী বেশ রাগী সুরে বলে উঠলো।

এটা শুনেই নেহা খুব জোরে হেঁসে উঠলো "ওরে পাগলী এটার মানে হলো, আমার প্রশংসা করতে হবে না"

"ওহ আচ্ছা তো এমন বলো না, কি সব উদ্ভট কথা বলছো তুমি" রাজশ্রী বেশ বিজ্ঞ বিজ্ঞ ভাব নিয়ে বললো।

"আচ্ছা আমি উদ্ভট কথা বলছি?" নেহা রাজশ্রীর দিকে দৃষ্টি তাক করে বললো।

"হুম, তাই তো বলছি"

"আচ্ছা রে" নেহা রাজশ্রীর দিকে দৌড়ে যেতে যেতে বললো।

এভাবে কিছুক্ষন ছুটাছুটি করার পরে নেহা রাজশ্রী কে ধরে নিলো, আর রাজশ্রী খিলখিলিয়ে হেঁসে উঠলো, তা দেখে নেহার হেঁসে দিলো আর রাজশ্রীর গালে একটা চুমু খেয়ে বললো "আমার মেয়েটা যেন এমন ভাবেই হাঁসতে থাকে"

" চিন্তা নেই মা আমি এভাবেই হাঁসব, আমাকে কাঁদানোর মতো কেউ নেই" রাজশ্রী ভ্রু নাচিয়ে বললো।

"তাই যেন হয় রে" নেহা একটা দীর্ঘশ্বাস ছেড়ে বললো।

"মা তুমি কথাই কথাই এমন দুঃখী কেন হয়ে যায় গো ?"

"আরে ওটা তোর মায়ের পুরোনো অভ্যাস" পাস থেকে বিশ্বনাথ বাবু বলে উঠলেন।

"আরে,কি যে বলনা বাবা আমি কখন চিন্তা করি?" নেহা বিশ্বনাথ বাবুকে জিজ্ঞেস করলো।

"করিস, করিস তুই অজান্তেই টেনশন নিয়ে নিস" বিশ্বনাথ বাবু নেমে এসে নেহার মাথায় হাত দিয়ে বললেন।

"তোমরা বাবা ছেলে দুজনেই খুব বেশি ভাব" নেহা রাজশ্রী কে খাবার টা দিয়ে বললো।

"না রে মা, তুই আমাদের সংসারের শিরদাঁড়া তুই ভেঙে গেল পুরো পরিবারটা ভেঙে যাবে, তাই তোকে সামলে রাখা আমাদের কাজ" বিশ্বনাথ বাবু সোফা তে বসে বললেন।

" হ্যাঁ পুরো রণচণ্ডী" পাস থেকে রাজশ্রী ফিক করে হেঁসে দিয়ে বললো।

"তুই আমার হাতে একদিন মার খাবি, জোর রকম খাবি" নেহা রাজশ্রী কে চোখ দেখিয়ে বললো।

রাজের অফিসে ----------

"স্যার আসবো?"
"হুম এস" রাজের কথা শেষ হওয়ার সাথে সাথে একটা ছেলে এসে রাজের সামনে দাঁড়ালো।

" টেল হোয়াট ইস ইওর প্রবলেম?" রাজ মাথা নামিয়েই বললো। অপর দিক থেকে কোনো আওয়াজ না আসায় রাজ মুখ তুলে তাকাই, আর খানিক্ষণ হতভম্ব হয়ে রয়ে যায়। তারপরেই কপালে

রাগের ভাঁজ ফুটে উঠতে শুরু করে।

"হ্যাঁ রে সালা, বোকাচোদা,শুয়োরের বাচ্চা এতদিন মনে পড়ে নি,কোথায় ছিলিস" রাজ অপর জনের কলার ধরে বলে।

"হারাম জাদা তুই খবর নিয়েছিস?কোথায় ছিলাম?কি করছিলাম? কেমন ছিলাম?" ওপর জন হেঁসে দিয়ে জিজ্ঞেস করে।

"সালা তুই খবর নেওয়ার পথ রেখেছিস, কত ট্রাই করলাম কিছুই পেলাম না" রাজ ওকে জড়িয়ে ধরে বলে।

" না রে আসলে বাধ্য ছিলাম,আচ্ছা জয় শুয়োরের বাচ্চাটা কোথায় , সালাকে দেখছি না!" আগন্তুক টি বাইরে উঁকি মেরে এদিক ওদিক তাকিয়ে দেখে।

"আছে আছে, আগে তুই বল কি হয়েছিল" রাজ উদ্বিগ্ন হয়ে জিজ্ঞেস করে।

" ওকেও ডাক একসঙ্গে বলবো নইলে ওকে আবার আলাদা করে বলতে হবে" আগন্তুক টি দাঁত ফেঁড়ে বললো।

রাজ জয় কে ফোন লাগালো, কৰক বার রিং হয়ে কেটে গেল । দু তিন বার করার পরে শ্রী ফোনে টা তুললো -

"হুম কে?" শ্রী জিজ্ঞেস করলো।

"আরে আমি তো,চিনতে পারছিস না?" রাজ মজা করে বললো।

"চিনতে পেরেছি ওটা ভদ্রতার খাতিরে বললাম।" শ্রী নিস্তেজ ভাবে বললো।

"ধুরর, জয় কে ফোন টা দে" রাজ ওকে বলে ।

"দিচ্ছি দিচ্ছি দাঁড়া" শ্রী একইভাবে বললো।

" ওকে বল সূর্য এসেছে" রাজ তাড়াতাড়ি যে বলে ফেললো।

শ্রী এতক্ষন নির্বিকার ছিল,সূর্যের নাম শুনতেই তড়াক করে উঠে দাঁড়ালো --

"কি বললি? সূর্য?" শ্রী উদ্বিগ্ন ভাবে জিজ্ঞেস করলো।

"আরে বাবা হ্যাঁ রে হ্যাঁ সূর্য" রাজ শ্রী কে আশ্বস্ত করলো।

তখনই জয় তড়াক করে ফোন তা কেড়ে নিয়ে বললো "কি বললি?"

"আরে বাবা সবাইকে আলাদা আলাদা করে বলবো নাকি" রাজ রেগে গিয়ে বলল।

"ওই বালের ছেলেকে বসতে বল আমি যাচ্ছি" জয় রাজকে বলে।

"হ্যাঁ রে ওকে বেঁধে রেখেছি" রাজ মজা করে বলে ।

এদিকে সূর্য বুঝতে পারে ওরা কি ব্যাপারে কথা বলছে তাই ও হালকা হেঁসে ওঠে, আর ভাবে যে এখন ওর বেস্ট ফ্রেন্ড গুলো

ওকে একই রকম ভালোবাসে
আর এটাও যে আজ ওর কপালে দুঃখ আছে।
জয় তো এলই তার সাথে শ্রী ও এলো, এসেই দ্রুত পায়ে রাজের
কেবিনের দিকে পা বাড়ালো।
পথে আসতে আসতে জয় শ্রী কে অনেক কিছু বলে বলে
এসেছে, যদিও শ্রী ওগুলো আগে থেকেই জানতো।

এক প্রকার হনহনিয়ে জয় রাজের কেবিনে ঢুকলো, ঢুকেই ওর
চোখ চলে গেল সূর্যের দিকে। সূর্যের কলার টা ধরে জয় ওকে
দাঁড় করালো।

"ওঠ, সালা" জয় বলে উঠলো।

"আরে, দাঁড়া দাঁড়া গিভ মে সাম টাইম টু এক্সপ্লেইন" সূর্য দু হাত
তুলে বলে উঠলো।

" তোর এক্সপ্লেইনেশন এর ধার আমি ধারি না" জয় রেগে তেড়ে
ফুঁড়ে বললো।

" বিয়ে করেছি" জয় সূর্য কে মারতে যাচ্ছিল কিন্তু এটা শুনে
দাঁড়িয়ে পড়লো।
মিনিট খানেক স্তব্ধ থেকে জয় জোরে সূর্যের পিঠে একটা চাপড়
বসলো।

"সালা বিয়ে করলি আর বললিও না, বাহ রে বাহ"জয় মিথ্যের
নাটক করে বললো।

"আরে সব কিছু এত তাড়াতাড়ি হলো যে, কিছু বলার সুযোগ ই পাইনি, প্লাস আমি ফরেন এ ছিলাম তাই বলা হয়ে উঠে নি" সূর্য জয়ের হাত গুলো ধরে বলল।

"আচ্ছা আচ্ছা ঠিক আছে, বুঝলাম" জয় মাথা টা নাড়িয়ে বললো।

"আজ তাহলে ছুটি নিয়ে নে রাজ" শ্রী পাস থেকে বলে উঠলো।

" হ্যাঁ, আজ কিছু করবো না অনলি আনন্দ হবে সেই পুরোনো ভাবে টাইম স্পেন্ট সেই চার বন্ধু.." রাজ উৎফুল্ল হয়ে বলে উঠলো।

" চার না পাঁচ, বৌদিকেও সাথে নে" জয় বলে উঠলো।

" হ্যাঁ, আমার সাথে দেখা টাও হয়ে যাবে" সূর্য বলে উঠলো।

"আচ্ছা দাঁড়া আমি ফোন টা করে বলে দি" এই বলে রাজ নেহাকে ফোন করতে গেল।
 নেহাকে সব কিছু বলে ওরা বেরিয়ে পড়ল।
সারা সন্ধ্যে আনন্দ করে সবাই একসাথে যৌথ ছবি তুললো।
এভাবেই ওই সুন্দর সন্ধ্যে টা কেটে গেল।

   দীর্ঘ ৩৫ বছর পর ------
এর মধ্যে অনেক কিছু পাল্টে গেছে,রাজশ্রীর আর রিমনের বিয়ে হয়ে গেছে, বিয়েটা পারিবারিক ভাবেই হয়েছে ওদের ছেলেও আছে তবে ছোট।

আর ওরা মানালি বেড়াতে যাচ্ছে।

মানালির হোটেলে, রাত্রি বেলায়-----
ব্যালকনি যে রাজ নেহা শুয়ে আছে একে অপরের হাত ধরে,
দুজনের চোখ ই আকাশের দিকে।
এক জীবনে কত কিছুই না দেখল এই চোখ গুলো এবারে ক্লান্ত
পথ হারা পথিক হয়ে দিগন্তের পাড়ে এসে দাঁড়িয়েছে।

আজ যেন ওরা সমস্ত সুখ পেয়ে গেছে, আর কিছু চাইনা ওরা,
ওরা চুপ চাপ কিন্তু ওদের মন গুলো অনেক কথা বলছে, এদিকে
তুষার পাত শুরু হয়ে গেছে, ওদের গায়েও পড়ছে সেদিকে
ভ্রুক্ষেপ নেই।

রাজ আস্তে করে উঠে নেহার কপালে একটা ভালোবাসার পরশ
একে দেয়, আর নয় এবার ওদের আত্মিক মিলন ঘটবে, ওদের
ক্লান্ত মন এবার নিদ্রায় যাবে খুব গভীর নিদ্রায়।

আস্তে আস্তে দুজনের চোখ বন্ধ হয়ে আসে, রাজ,নেহা দুজনেই
দুজনের হাত তা শক্ত করে ধরে, দুটো আত্মা ছেড়ে যায় এই
পুরোনো দেহগুলোকে, এ বিচ্ছেদ হলেও চরম মিলন, মৃত্যু ঘুমে
ঢলে পড়ার পরেও ওদের মুখে রয়ে যায় এক অমলিন হাঁসি,
আজ ওরা এক, যাতে কোনো বিচ্ছেদ নেই।।

.... সমাপ্ত............

List of Contributors

বাবা এবং মা। এরা দুইজন ই আমায় খুব সাপোর্ট করেছে খুব ভালোবেসেছে। তাই এদেরকে আন্তরিক ভাবে প্রণাম ও ভালোবাসা জানাই।

9 789354 386008